日本人なら知っておきたい 美しい四季の言葉

復本一郎

青春出版社

はじめに

歳時記というものがあります。辞書を引きますと「一年中の季節に応じた祭事、儀式、行事、自然現象など百般についての解説を記した書」とあります。季節の言葉の百科事典のような本です。季節の言葉の宝庫といってもよいでしょう。季節にかかわる日本の美しい言葉がいっぱい詰め込まれているのです。

日本の季節にかかわる言葉って、いったいいくつくらいあると思われますか。二万語近くもあるのです。その中には、『古事記』『日本書紀』『万葉集』の時代から伝わっている言葉もありますし、昨日今日(きのうきょう)生まれたばかりの言葉もあります。それら二万語が、日本の言葉として、私たちの生活の中に息づいているのです。千三百年以上も前の季節にかかわる日本の言葉を二十一世紀を生きる私たちが、今も使っているのです。

普段、あまりにもなにげなく使っていますので、どうという思いもしないと思いますが、ちょっと立ち止まって、そのことに思いを馳(は)せていただくならば、すごく浪漫(ろまん)

に溢れたことだと、感動すら覚えるのではないでしょうか。

一方、昨日今日生まれたばかりの季節の言葉を、ひょっとしたら、千三百年後の私たちの子孫が使っているかもしれないのです。これもまた、浪漫でしょう。同じことなら、できるだけ美しい季節の言葉を伝えたいものです。

日本人は、季節の移り変わりに、ことのほか敏感ですから、これから先、発掘したり、発見したりしながら二万語が二万数千語になっているかもしれませんが、それはそれで素晴しいことだと思います。二万語が二万数千語になろうとも、世代から世代へと、沢山(たくさん)の日本の美しい季節の言葉を伝えていこうではありませんか。

もちろん二万語の中には、私たちが日常生活の中で多用する季節の言葉もありましょうし、ちょっとよそ行きの感じのする季節の言葉もありましょう。あるいは、耳にしたことはあるのだけれども、あまりよくわからない、といった季節の言葉もありましょう。また、見たことも聞いたこともない、といった季節の言葉もあると思います。そんなことは、まったく気にされることはありません。皆さんにとっての大切な季節の言葉が、二十でも三十でもあるということは、素晴しいことだと思いませんか。その二十なり三十なりの季節の言葉を、是非、次の世代の人々に手渡していただきたいのです。

その一つの試みが本書です。私も、次の世代に伝えたい季節の言葉を百六十ほど選んでみました。二万分の百六十ですので、決して多くはありませんが、これは、私が次の世代に是非とも手渡ししたい日本の美しい言葉なのです。「私の季節の言葉」といってもよいかもしれません。

ですから、単に一つ一つの季節の言葉を解説したということではなく、どの季節の言葉も私とのかかわりの中で語ってみることにしました。それが直截的(ちょくせつ)に解説の文章に反映している場合もありましょうし、そうでない場合もあると思います。しかし、いずれの場合でも、私にとっての大切な、愛着のある百六十の季節の言葉であることだけは間違いありません。

本書を手にとってお読みいただいている皆さんだったら、あるいは別の美しい季節の言葉を選ばれるかもしれません。それでいいと思います。本書を叩き台にして、皆さんそれぞれに、次の世代に是非伝えたい季節の言葉をお選びいただければと思います。本書がそのきっかけとなるならば、私として、こんなに嬉しいことはありません。

本書が目指したもう一つは、歳時記を俳句作者の手から解放してみたい、との思いがありました。俳句という文芸は、季語と呼ばれる季節の言葉を詠(よ)み込むことを必須の条件としていますので、俳句作者が季節の言葉に大きな関心を寄せることは、当然のことなのです。しかし、歳時記が俳句作者に独占されてしまうことは、あまりにもったいなく、残念なことなのです。

なぜならば、先にも述べましたように、歳時記は、日本の美しい季節の言葉の宝庫だからです。若い世代の人々の中には、歳時記というものの存在も、言葉すらも知らない人が少なくありません。百ページに満たない小型の歳時記から五冊一セットの大型の歳時記まで実に様々ですが、是非一度歳時記を繙（ひもと）いて季節の言葉の豊かさを実感してみてください。

復本一郎

日本人なら知っておきたい美しい四季の言葉

目次

はじめに 3

第一章：暮らしにまつわる美しい四季の言葉

「春」
春愁〔しゅんしゅう〕 16
春灯〔しゅんとう〕 17
桜狩〔さくらがり〕 18
花衣〔はなごろも〕 19
花疲れ〔はなづかれ〕 20
甘茶〔あまちゃ〕 21
雁風呂〔がんぶろ〕 22
「夏」
端午〔たんご〕 23
早乙女〔さおとめ〕 24
夏越〔なごし〕 25
端居〔はしい〕 26
花氷〔はなごおり〕 27
金魚玉〔きんぎょだま〕 28
羅〔うすもの〕 29
潮浴び〔しおあび〕 30
心太〔ところてん〕 31
百物語〔ひゃくものがたり〕 32
三尺寝〔さんじゃくね〕 33
手花火〔てはなび〕 34
吊忍〔つりしのぶ〕 35
蚊遣火〔かやりび〕 36
蚊帳〔かや〕 37

「秋」

走り蕎麦〔はしりそば〕 38
新走〔あらばしり〕 39
灯火親し〔とうかしたし〕 40
盂蘭盆会〔うらぼんえ〕 41
施餓鬼〔せがき〕 42
門火〔かどび〕 43
掃苔〔そうたい〕 44
生身魂〔いきみたま〕 45
精霊流し〔しょうりょうながし〕 46
今日の菊〔きょうのきく〕 47
高きに登る〔たかきにのぼる〕 48
鳴子〔なるこ〕 49
菊枕〔きくまくら〕 50

「冬」

口切〔くちきり〕 51
埋火〔うずみび〕 52
風呂吹〔ふろふき〕 53
煮凝〔にこごり〕 54
薬喰〔くすりぐい〕 55
寒紅〔かんべに〕 56
寒の水〔かんのみず〕 57
寒卵〔かんたまご〕 58
年の市〔としのいち〕 59
鬼やらい〔おにやらい〕 60

「新年」

若水〔わかみず〕 61
初鏡〔はつかがみ〕 62
祝箸〔いわいばし〕 63
歌かるた〔うたかるた〕 64
初夢〔はつゆめ〕 65
ひめ始〔ひめはじめ〕 66

初荷〔はつに〕 67
松の内〔まつのうち〕 68

第二章…時候にまつわる美しい四季の言葉

「春」
春の曙〔はるのあけぼの〕 72
料峭〔りょうしょう〕 73
山笑う〔やまわらう〕 74
水温む〔みずぬるむ〕 75
朧〔おぼろ〕 76
花冷え〔はなびえ〕 77
遅日〔ちじつ〕 78
糸遊〔いとゆう〕 79
三月尽〔さんがつじん〕 80
目借時〔めかりどき〕 81
繭玉〔まゆだま〕 69
八十八夜〔はちじゅうはちや〕 82
「夏」
短夜〔みじかよ〕 83
卯浪〔うなみ〕 84
半夏生〔はんげしょう〕 85
雲の峰〔くものみね〕 86
「秋」
今朝の秋〔けさのあき〕 87
野分〔のわき〕 88
冷まじ〔すさまじ〕 89
身に入む〔みにしむ〕 90

爽やか〔さわやか〕 91
十六夜〔いざよい〕 92
豆名月〔まめめいげつ〕 93
月代〔つきしろ〕 94
有明月〔ありあけづき〕 95
星月夜〔ほしづきよ〕 96
釣瓶落し〔つるべおとし〕 97

「冬」

垂氷〔たるひ〕 98
三寒四温〔さんかんしおん〕 99
年の瀬〔としのせ〕 100
日脚伸びる〔ひあしのびる〕 101
師走〔しわす〕 102

「新年」

去年今年〔こぞことし〕 103
花の春〔はなのはる〕 104

第三章… 動植物にまつわる美しい四季の言葉

「春」

獺祭〔だっさい〕 106
春告鳥〔はるつげどり〕 107
花烏賊〔はないか〕 108
百千鳥〔ももちどり〕 109
囀〔さえずり〕 110
引鶴〔ひきづる〕 111
亀鳴く〔かめなく〕 112

つらつら椿〔つらつらつばき〕 113
竹の秋〔たけのあき〕 114

「夏」

めまとい 115
余花〔よか〕 116
病葉〔わくらば〕 117
万緑〔ばんりょく〕 118
麦の秋〔むぎのあき〕 119
草いきれ〔くさいきれ〕 120

「秋」

色鳥〔いろどり〕 121
虫時雨〔むししぐれ〕 122
渋鮎〔さびあゆ〕 123
秋の七草〔あきのななくさ〕 124
穭〔ひつじ〕 125
草の絮〔くさのわた〕 126
紅葉かつ散る〔もみじかつちる〕 127
草紅葉〔くさもみじ〕 128

「冬」

狐火〔きつねび〕 129
ふくら雀〔ふくらすずめ〕 130
凍蝶〔いてちょう〕 131
かじけ猫〔かじけねこ〕 132
水鳥〔みずとり〕 133
雪折〔ゆきおれ〕 134
帰花〔かえりばな〕 135
枯木〔かれき〕 136

第四章…天候にまつわる美しい四季の言葉

「春」
斑雪〔はだれ〕 138
別れ霜〔わかれじも〕 139
風光る〔かぜひかる〕 140
東風〔こち〕 141
春一番〔はるいちばん〕 142
花曇〔はなぐもり〕 143
春雨〔はるさめ〕 144
菜種梅雨〔なたねづゆ〕 145
「夏」
逃水〔にげみず〕 146
卯の花腐し〔うのはなくたし〕 147
黒南風〔くろはえ〕 148
五月雨〔さみだれ〕 149
五月晴〔さつきばれ〕 150
梅雨寒〔つゆさむ〕 151
虎が雨〔とらがあめ〕 152
五月闇〔さつきやみ〕 153
風薫る〔かぜかおる〕 154
青嵐〔あおあらし〕 155
油照〔あぶらでり〕 156
驟雨〔しゅうう〕 157
夕焼〔ゆうやけ〕 158
「秋」
二百十日〔にひゃくとおか〕 159
秋高し〔あきたかし〕 160

夜寒〔よさむ〕 161
漸寒〔ややさむ〕 162
肌寒〔はださむ〕 163
色なき風〔いろなきかぜ〕 164
小春日〔こはるび〕 171
底冷え〔そこびえ〕 172
空風〔からかぜ〕 173
虎落笛〔もがりぶえ〕 174

「冬」

初時雨〔はつしぐれ〕 165
雪女〔ゆきおんな〕 166
しずり 167
雪しまき〔ゆきしまき〕 168
風花〔かざはな〕 169
沫雪〔あわゆき〕 170

「新年」

初東雲〔はつしののめ〕 175
初日〔はつひ〕 176
淑気〔しゅっき〕 177
御降〔おさがり〕 178
初霞〔はつがすみ〕 179

文庫版あとがき 180

索引 182

〔本文デザイン〕青木佐和子
〔イラスト〕竹口睦郁

第一章…暮らしにまつわる美しい四季の言葉

「春」◈春愁〔しゅんしゅう〕

日本人は季節の推移に対してことのほか敏感であるようです。もちろん「春愁」のように音読する言葉は、漢語であり中国から移入された言葉なのですが、そこに日本人独特の思いを込めて愛用するのです。

「春」の「愁い」とは、どんな「愁い」なのでしょうか。「愁い」がそもそも季節などと関係するのでしょうか。「春愁」があるのならば、「秋」の「愁い」もあるのでしょうか。気になりますね。ところが冗談ではなく、これがあるのです。ただし「秋」の「愁い」は、「秋愁」ではなく「秋思」というのですが。それでは「春」の「愁い」とは。

安土桃山時代の末に書かれた里村紹巴という人の『連歌至宝抄』という本の中に「春も末に移り行けば、(人は)徒にちり行く花を見ても世の中の儚き事を観じ」るものだとあります。これぞ「春」の「愁い」でありましょう。大した理由などないのです。でも、華やかな春だからこそ、理由もなく鬱々としてくることもありますね。あまり心配しなくてもいい「愁い」でしょう。昭和の初期ごろより俄然、注目されはじめた言葉です。

「春」◈ 春灯〔しゅんとう〕

春の灯火（ともしび）には、どんなイメージがあるでしょうか。もちろん灯火自体も、時代とともに変遷しています。古くは紙燭（しそく）、江戸時代には行灯（あんどん）、そして明治・大正時代にはランプから白熱電球へ。昭和に入っても白熱電球の時代が長く続いていましたが、やがて蛍光灯の時代に入り、今日に至っています。そんな明かりに対する人々の思いを、春という季節に限定した時、人々は、いったいどのような印象をその明かりから受けるのでしょうか。

「春灯」に対する季節の言葉としては「夏の灯（ひ）」「秋灯（しゅうとう）」「寒灯（かんとう）」といった言葉がありますが、灯火から受ける印象は、季節によって随分変わったものになるのではないでしょうか。それは、ランプであっても、白熱電球であっても、蛍光灯であってもいえることだと思います。

昭和六年（一九三一）刊、今井柏浦（いまいはくほ）編『詳註例句　歳事記大観（さいじきたいかん）』（修省堂）に「春の灯火は艶冶（えんや）にして華やかなり」と記されていますが、実に的確な把握だと思います。「艶冶」とは、なまめいた美しさです。「春灯」から受ける印象は、まさに、そんな感じですね。

「春」◈ 桜狩〔さくらがり〕

「桜伐る馬鹿、梅伐らぬ馬鹿」という諺がありますね。桜の場合は、下手に剪定すると木が弱ってしまい、梅の場合は思い切って剪定しないとよい花実が期待できないということですが、この諺を無視したような言葉である「桜狩」とはいったい何を意味しているのでしょうか。まずは、左の歌に注目して下さい。

桜狩雨は降りきぬおなじくは濡るとも花の影に隠れむ　よみ人知らず

平安時代を代表する勅撰和歌集『拾遺和歌集』の中の歌です。歌の意味は、どうせ雨に濡れるならば、花の下に雨宿りしようということです。

「桜狩」、わかりましたか。桜の花を探して歩きまわることです。昔から、桜は尋ね歩いて鑑賞するものだったのです。最初から咲いている場所がわかっていて、その下で飲食をする今日の「花見」とはいささか趣きが違いますね。

芭蕉も〈桜がりきどくや日々に五里六里〉と詠んでいます。一日に二十キロ、三十キロと桜を求めて歩き回る自分を「奇特」（殊勝）なことだと自讃しているのです。

「春」◈ 花衣〈はなごろも〉

もともとは、桜襲（さくらがさね）の衣（ころも）を指す言葉でした。表が白で、裏が赤、または葡萄染（えびぞめ）の色目の衣です。平安時代には、そんな衣装を着て花見に出かけたのです。それが「花衣」と呼ばれていたのです。が、やがて「桜襲」の色目にこだわらなくなり、花見に着て行くはなやかな衣装全般を指して「花衣」と呼ぶようになりました。季節の言葉としての「花衣」は、こちらのほうです。

「花衣」の「花」は、美称でして、衣の美しさを褒める気持ちが込められているのです。「花聟（はなむこ）」「花嫁」「花道」などに通じる「花」でしょう。時には、桜の花弁（はなびら）が散りかかっている衣装を「花衣」ということもあります。

「花見小袖（こそで）」という言葉もありますが、江戸時代には、華美な「花見小袖」を花見の酒宴の際の「花見幕」として用いていたということです。

大正時代から昭和時代にかけて活躍した俳句作者杉田久女（ひさじょ）に〈花衣ぬぐやまつはる紐（ひも）いろいろ〉の句がありますが、「花衣」のイメージは、今日といえどもやはり和服ということになりましょう。桜の美しさに競うような「花衣」の美しさです。

「春」◈ 花疲れ〈はなづかれ〉

「疲れ」にはいろいろあります。「気疲れ」「人疲れ」「寝疲れ」「旅疲れ」「湯疲れ」等々です。いずれの「疲れ」も、ちょっと贅沢な「疲れ」であるところが共通点かもしれません。例えば「湯疲れ」。風呂や温泉などに浸かり過ぎて疲れてしまうことですが、本来「湯」そのものは実に快適なものだからです。

そんな「疲れ」の中でも、特に優雅な「疲れ」が「花疲れ」でしょう。花を堪能した結果の「疲れ」なのですから。場合によっては、この「花疲れ」の中に「気疲れ」「人疲れ」「寝疲れ」「旅疲れ」「湯疲れ」といった要素も入り込んでいるかもしれませんね。

この実に優雅な響きを持った「花疲れ」という言葉ですが、ごく新しい言葉のようです。ただ、江戸時代に「花くたびれ」という言葉があったことが一茶の〈小むしろや花くたびれがどたどた寝〉の句によってわかります。小さな莚に花を満喫した人々が疲れ切ってどたりと横になっている状態を詠んだものでしょう。この「花くたびれ」から派生した言葉が「花疲れ」だと思われます。

「春」◈ 甘茶〔あまちゃ〕

なつかしい季節の言葉です。年配の多くの人々が少年・少女の頃、四月八日、お寺にお参りをし、花御堂（はなみどう）と呼ばれる小さなお堂に入っているお釈迦（しゃか）さまの誕生像に竹の柄杓（ひしゃく）で「甘茶」をそそいだことがあるのではないでしょうか。そして帰りには、その「甘茶」を土瓶や容器に入れてもらって持ち帰るのです。

この「甘茶」は、ウリ科の多年草である甘茶蔓（あまちゃづる）の葉を蒸してもみ、乾燥させ、それを煎（せん）じて作った飲み物です。それが季節の言葉となったのは、お釈迦さまが誕生した時、甘露（かんろ）の雨が降り、それで湯浴みをされたということで、四月八日の仏生会（ぶっしょうえ）には、甘露のかわりに、誕生像に「甘茶」をそそぐことになった、ということによるのです。

四月八日ですので、陰暦では、当然、季節は夏ということになります。それゆえ、江戸時代の歳時記では、「灌仏（かんぶつ）」（仏像に香水（こうずい）をそそぐこと）はもちろんですが、「甘茶」や「甘茶貰（あまちゃもらい）」も夏の季節の言葉として扱われています。しかし、今日の歳時記では、一様に陽暦扱いで春の季節の言葉としています。陰暦主義の歳時記なのに、ちょっと変ですね。

「春」◈ 雁風呂〔がんぶろ〕

言い伝えの中から生まれたなんとも悲しい季節の言葉です。江戸後期、嘉永三年（一八五〇）刊、曲亭馬琴編・藍亭青藍補『増補俳諧歳時記栞草』の中の説明を紹介してみましょう。

秋、雁が日本の南部外ケ浜のあたり（津軽半島といわれています）に飛んで来る時、小さな木を銜えていて、疲れると海上に浮べて、それに乗り、疲れをとったそうです。そして辿り着くと、海岸に落としておいて、春帰る時、また、それを銜えて飛び立つのだそうです。ところが、それまでに人に捕らえられたり、命尽きて死んでしまったりする雁がいて浜辺には沢山の小さな木の枝が散乱しているとのことです。その枝で風呂を焚き、多くの人々に入ってもらい雁の供養としたのが「雁風呂」というわけです。浪漫溢れる季節の言葉であるだけに、近代以降も俳人たちの詩心を刺激し続け、今日に至っています。なお、江戸時代には、その名も『雁風呂』なる句集まで出版されています。寛政六年（一七九四）に呂蛤という俳人が編んだものです。ただし、こちらの「雁風呂」は、筑紫（福岡県）のそれ。「外ケ浜」の場所については諸説あるようです。

「夏」◈ 端午〔たんご〕

「端午」とは、五月の端の午の日の意味でしたが、「午」は「五」に通ずるということで、はやくに五月五日と定まって、それからも「端午」と呼び慣わし、今日に至っているのです。

五節句の一つで、江戸時代には、三月三日の女の節句に対して、男の節句とされていました。ちょうど菖蒲の時節であり、菖蒲が邪気を払うということで「菖蒲の節句」とも呼ばれています。男の節句ということで、男児のいる家では冑人形（冑をつけた武者人形）を飾ったり、幟を立てたりします。

「幟」の中で、今日、一番馴染の深いのが「鯉幟」ですが、この「鯉幟」という呼称、明治時代以前の文献には出てきません。天保九年（一八三八）刊、斉藤月岑著『東都歳時記』に「紙にて鯉の形をつくり竹の先につけて幟と共に立てる」と書かれていますが、「鯉幟」とはありません。「鯉幟」の名付け親は、どうやら正岡子規のようです。子規の明治二十六年（一八九三）の作品〈おもしろくふくらむ風や鯉幟〉が、「鯉幟」という言葉の最初の使用例のようです。

「夏」◈早乙女〔さおとめ〕

男性・女性を問わず、ある年代以上の人々にとっては「乙女（おとめ）」という言葉に限りない郷愁を感じるようです。青春の甘酸っぱい思い出が甦（よみがえ）ってくるからでありましょう。しかし、この言葉、今日ではほとんど耳にしなくなりました。死語となりつつあります。そんな中において「早乙女」（田植えをする若い女性）という季節の言葉に対する期待度は少なくありません。明治二十九年（一八九六）発表の唱歌、佐佐木信綱作詞『夏は来（き）ぬ』の中に「さみだれのそそぐ山田に、早乙女が裳裾（もすそ）ぬらして、玉苗（たまなえ）うう夏は来ぬ」と見えますので、「早乙女」という言葉は人々に強く印象付けられているのだと思います。

江戸時代の書物『人倫訓蒙図彙（じんりんきんもうずい）』（元禄三年刊）には「小乙女（さおとめ）といふは、若き女のかねぐろにして、かさふかく、こゑやさしげに田うたとてうたふ一ふしの、都にはぢず、やさしくも、しのばしくもみゆるをいふ」と見えます。「かねぐろ」は「鉄漿黒（かねぐろ）」で、歯を黒く染めていることです。そんな「早乙女」（小乙女）が田植をしながら唱う「田植歌」（田うた）は、都の文化に比しても恥ずかしくない風流なものだというのです。

「夏」◈夏越〔なごし〕

神道における大祓(おおはらえ)の神事の一つ。陰暦六月晦日(みそか)に行います。「名越」とも表記しますが、これは夏の名を越すということです。邪神を払い和(なご)すことを目的とするとも、夏を越すに当たって相剋の災難を除くことを目的とするともいわれています。大変古くから行われてきた行事で、平安時代の勅撰和歌集である『拾遺和歌集』に、すでに、

六月(みな)のなごしの祓(はらえ)する人は千とせの命延(いのちの)ぶといふなり　よみ人知らず

の歌が見えます。「夏越の祓」をする人は、千年の寿齢を得ることができるというのです。白紙を人形(ひとがた)に截(た)ち切って形代(かたしろ)を作り、それに各人の名前を書き、神官が穢(けがれ)を祓って川に流したり、神前に茅(ち)の輪(わ)と呼ばれる茅(ちがや)を紙で包み束ねて輪にしたものを立てて、そこをくぐって身を祓い清めたりします。

この神事は、今日でも広く行われていますが、太陽暦になったために、六月晦日とともに七月晦日に行う神社も多いようです。無病息災を願っての行事（神事）は、人々の間にしっかりと定着するのですね。

「夏」◈ 端居〔はしい〕

「端居」とは、もともとは季節の言葉でもなく、文字通り端っこに居るということだったのだと思います。家でいいますと縁側など、庭に面した部分が「端」ということになりましょう。庭の様子を眺めるには都合がいいわけです。もっとも、冬などに「端居」が適さないことは明らかです。

『方丈記』で有名な鴨長明など、すでに「端居る」という動詞を使っていますから、古くからあった言葉なのでしょう。それがなぜ季節の言葉になったかといいますと、蕪村の〈初鰹観世太夫がはし居かな〉の句に窺えるように、「端居」に一番ふさわしい季節は夏だ、ということでありましょう。能の観世流の家元が、「端居」して涼をとりながら、初夏の味覚の代表である初鰹を肴に美酒を味わっているのでありましょう。こんな用い方をされながら「端居」が夏の季節の言葉として定着していったものと思われます。

寛政六年（一七九四）成立の歳時記『俳諧小筌』には、すでに夏の季節の言葉として掲出されています。現代ではベランダで涼をとる、ということになりましょうか。

聞いたことがありますか。美しい言葉ですね。今から五、六十年前、昭和二十年代には、デパートの正面を入ってすぐのところに、必ず「花氷」が置かれていました（70ページ参照）。まだ冷房も十分ではなかった時代です。たしか「氷柱（こおりばしら）」といっていました。

今、思い出すと、氷の柱の中には確かにグラジオラスやカンナなどの生花が入っていて、人々は、ちょっとだけ幻想的な雰囲気を味わうことができました。夏の氷ですので、見た目にも十分に涼し気でしたし、そこそこ大きなものでしたので、多少は冷気を得ることもできたのでした。それが「花氷」であると強く認識させられたのは、高浜虚子（たかはまきょし）門下の俳句作者日野草城（そうじょう）の句集名によってでした。

句集は『草城句集（花氷）』といいます。昭和二年（一九二七）の刊行。中に〈くれなゐを籠（こ）めてすずしや花氷〉他、全四句の「花氷」の句が収められています。若き日の草城は、大変ロマンチストだったので「花氷」を句集名に選んだのでありましょう。大正十四年（一九二五）刊、高木蒼梧（そうご）編『大正新修歳事記』（資文堂）には、すでに夏の季節の言葉として「花氷」が掲載されています。

「夏」◈ 金魚玉〔きんぎょだま〕

金魚用の水槽などと持って回った言い方をしなくても、「金魚玉」といっただけで、あの丸い口に襞（ひだ）のある優雅な形の水槽が目の前に浮かび上がってきます。ただし歳時記に「金魚玉」が登場するのは、昭和時代に入ってから。昭和六年（一九三一）刊、今井柏浦編『詳註例句　歳事記大観』（修省堂）に「金魚玉は玻璃（はり）にて造れる金魚の容器」と見えます。「玻璃」は、ガラスのことです。ガラスの普及とともに「金魚玉」も普及したものと思われます。

正岡子規は、明治三十二年（一八九九）病室の南側の障子（しょうじ）をガラスに変え、翌年、〈窓の外の虫さへ見ゆるビードロのガラスの板は神わざなるらし〉他、全十二首の「ガラス障子」の歌を作っています。まだまだガラスが珍しかったのでありましょう。

歳時記への登場は遅れた「金魚玉」ですが、「金魚玉」の作品は、すでに明治時代から作られていました。明治四十三年（一九一〇）刊『明治俳諧五万句』（集文館）には〈金魚玉射（い）る日や壁の虹丸し〉（西村雪人）、〈金魚玉三つ笠松に吊しけり〉（雪人）、〈蓬生（よもぎう）やかかる小家に金魚玉〉（石井露月）等の作品を見出（みいだ）すことができます。

「夏」◈羅〔うすもの〕

「羅」の字を「うすもの」と読むのは、なかなか難しいと思います。特殊な読み方だといってよいでしょう。「羅」は、音「ラ」であり、意味としては、「きぬ。うすぎぬ。ちぢみ」等があります（『大漢和辞典』）。しかし、日本では「羅」の字を「うすもの」と読んでおり、例えば、芭蕉の時代の辞書、延宝八年（一六八〇）刊、恵空編『節用集大全』においても「うすもの」に「羅」の漢字が当てられています。

嘉永三年（一八五〇）刊、曲亭馬琴編、藍亭青藍補『増補俳諧歳時記栞草』は、「羅」を夏の季節の言葉として掲出し、「細布にて、めの細かき布、越後縮のたぐひ」「すべて薄織の絹布をいふと心得べし」と説明しています。「絹布」であることが条件ですので、絽や紗はもちろんのこと、縮であっても、素材は絹ということになります。

薄く透けて見える盛夏の着物は、見ている者にとっても涼しく感じられます。今日では、和服のみならず、ジョーゼットなどで作られた洋服も、また「羅」と呼んでもいいように思われます。一般には、女性の衣服に対していわれます。

「夏」◈ 潮浴び〔しおあび〕

健康的な響きを持っている季節の言葉です。今の言葉でいえば「海水浴」です。潮水に浴して病を治療することは『古事記』の時代から行われていましたが、遊楽を主目的とする「潮浴び」は、明治時代になってから行われるようになりました。明治十八年（一八八五）八月に、松本順なる人物が神奈川県大磯の人々に「海水浴場」を開かせたのが、日本における「海水浴場」の始まりとされています。

明治二十二年（一八八九）の正岡子規の随筆の一節に「友人漱石書を寄せて、房州（千葉）近傍へ海水浴に行きたりと報ず」（『筆まかせ』）と見えます。が、その子規が一方で〈潮あびる裸の上の藁帽子〉という句を作っているのです。「海水浴」と「潮浴び」という二つの言葉が混用されていたのです。

明治三十六年（一九〇三）二月、高浜虚子を代表とする子規グループの人々（佐藤紅緑、内藤鳴雪、河東碧梧桐）によって作られた『袖珍俳句季寄せ』（俳書堂）には「潮浴び」ではなく「海水浴」として収められています。当時にあって、「海水浴」のほうがモダンな響きがあったのでしょう。

「夏」❖ 心太〔ところてん〕

一時代前まで、「心太」は若い女性が好んで食べた食べ物でしたが、今時の若い人々は「心太」といってもぴんとこないようです。それにしても「心太」を「ところてん」と読むのですから、不思議ですね。そもそもいつの時代からの食べ物なのでしょうか。

平安時代の歌人西行がすでに「こころぶと」（ところてん）の歌を詠んでいるのですからびっくりします。もともとは、文字通り「こころぶと」といっていたものが訛って「こころてい」、そして「ところてん」となったようです。「心太」を「こころぶと」と読む若者がいても笑えないわけです。

天草の煮汁を固めて凝固させ、心太突きで糸状にしたものを、芥子醤油や酢、黒蜜などをかけて食べる食べ物です。室町時代の『七十一番職人合』という本の中には「心太売」の図が見え、心太突きで突き出している様子が描かれています。

正徳二年（一七一二）成立、寺島良安著『和漢三才図会』には、伊予（愛媛県）宇和島のものが最も上質だとあり、また暑さを避けるための食べ物だとも記されています。夏の季節の言葉となったゆえんでしょう。

「夏」◈百物語〔ひゃくものがたり〕

かつて少年・少女たちは、夏になると「肝試し」という遊びに興じていました。辞書には「恐怖心を起こさせるような場所を指定して行かせるなどして、その人の恐ろしさに耐える力を試すこと」(『日本国語大辞典』)と見えます。大体、近所の墓所などを一周するといったたわいないものでしたが、子供たちの恐怖心を煽るには十分でした。

この「肝試し」を遡っていきますと、江戸時代の「百物語」に辿り着きます。江戸時代の怪談小説集、浅井了意著『御伽婢子』(寛文六年刊)に「百物語」の方法が記されています。月の暗い夜に青い紙を貼った行灯を用意し、それに百本の灯心(火を点す糸)を浸すのだそうです。

最初は、昼間のような明るさだったでありましょう。そして、集まった人々(十人位だそうです)は、順番に怪談をはじめ、一話終るごとに灯心を一本ずつ引き抜いていくのです。行灯の明かりは徐々に暗くなっていきます。残り数本になりますと、青い紙を貼った行灯が不気味な効果を演出することになります。百話目には、実際に怖ろしいことが起こったそうです。

「夏」◈ 三尺寝〔さんじゃくね〕

イメージが湧いてきにくい言葉ですね。「尺」は、尺貫法における長さの単位で、一尺は約三十・三センチですから、「三尺」は、九十・九センチということになります。それと寝ることとが、どのようにして結び付くのでしょうか。

江戸時代からすでにあった言葉で、例えば「ひとり跡(あと)にとどまりて、反古(ほご)(書き損じた紙屑(かみくず))の中の三尺寝に何事を夢見るぞや」(『麦林集』)との文章から窺える「三尺寝」とは、紙屑の散らかっているごく狭い場所で寝ることとの意味が導けるのではないでしょうか。この場合の「三尺」は、「三尺四方」と解するのがいいと思います。

一方、「三尺寝」を夏(四月)の季節の言葉として掲出する江戸末期(嘉永元年)の『季寄新題集(きよせしんだいしゅう)』には「日かげ三尺をかぎりてやすむことなり」と説明しています。これは、日影になっている場所が、太陽の移動で三尺移るほんの短い時間寝る、ということでしょう。

場所の狭さをいったもの、時間の短かさをいったもの、との両説がありますが、要するに、今いうところの「昼寝」と同じ意味と考えていいと思います。

「夏」◈ 手花火〔てはなび〕

「花火」はすぐにわかっても「手花火」となると、皆目見当が付かなくなってしまうのではありませんか。その前に「花火」ですが、本来は、秋の季節の言葉だったのです。江戸初期、正保二年（一六四五）刊の『毛吹草（けふきぐさ）』という歳時記に「送火（おくりび）」とともに「花火」が出ているのです。続く他の多くの歳時記もそうで、盆の諸行事の間に掲出されています。盆の供養として、花火が打ち上げられていたのかもしれません。びっくりすることには、明治、大正時代、そして昭和初期の歳時記までも江戸の歳時記の記述を踏襲して秋の季節の言葉として扱っているのです。一度決まってしまうと、なかなか動かないものなのです。

さて、それでは「手花火」とは。はやく、昭和六年（一九三一）刊、今井柏浦編『詳註例句　歳事記大観』（修省堂）の夏の「玩弄花火（おもちゃはなび）」の項に「手花火」と見えます。また翌年刊の水原秋桜子（みずはらしゅうおうし）編『現代俳句季語解』（交蘭社）には「子供の玩具にする線香花火、鼠（ねずみ）花火、電気花火のやうな手花火もある」との説明が見えます。これで明らかとなるのですが、「手花火」とは、線香花火のような手で持って楽しむ「花火」のことなのです。

「夏」❖吊忍〔つりしのぶ〕

「吊忍」ってなんでしょうか。わかっている人には、あれだ、とすぐわかるのですが、これを説明するとなると、なかなか大変です。かつては夏の風物詩として方々で目にすることができましたが、最近では、ほとんど見かけなくなりました。人々の生活があまりにも慌しく、ゆっくりと「吊忍」を鑑賞することなどできなくなってしまったからかもしれません。

「釣忍」とも表記します。まず「忍」ですが、「忍草」のことです。シダ類の落葉多年草で、光沢のある長さ五センチから十センチほどの羽状で分裂している緑色の葉が、涼を呼びます。根茎は、山地の岩や樹に長く這い回ります。土がなくても堪え忍んで育つことから「忍草」といいます。根茎を束ねて舟や四阿など様々な形を作り、時に風鈴などを付け、軒端に吊して楽しみます。これが「吊忍」です（70ページ参照）。水をやりながら上手に育てると長持ちします。「忍吊」ともいいます。

見たことありませんか。江戸時代の歳時記にはすでに「夏日の眼を慰む」（『俳諧歯がため』）と出てきます。ちなみに「忍草」そのものも夏の季節の言葉です。

「夏」

蚊遣火〔かやりび〕

「蚊取線香」の原形が「蚊遣火」です。といっても、今では「蚊取線香」も日常生活ではほとんど使わなくなってきましたね。最近では、蚊を撃退するためのすぐれた電気製品が数多く出回っています。中には一シーズン、薬の交換不要といった製品まで出現していますので、大変便利なのですが、そのかわりすっかり風情がなくなってしまいました。

蕪村の句に〈燃立て顔はづかしき蚊やり哉〉がありますが、この情緒は「蚊遣火」(「蚊遣」とも)だからこそ生じるのです。「蚊取線香」でもだめです。

「蚊遣火」とは、木屑(楠や榧)や草(蓬)などを燻べて、蚊を追い払う仕掛けです。鎌倉時代の秀歌集である『夫木和歌抄』の夏の部には「蚊遣火」の歌が十八首も集められています。夏の生活には欠かせないものだったのですね。

先の蕪村の句、わかりますでしょう。蕪村が女性の気持ちになって詠んでいるのです。風が吹いたために「蚊遣火」が、突然燃え立って、あたりが明るくなったのです。無防備でいたので、その瞬間、若い女性なのでびっくりしてしまったのです。その羞いです。

「夏」◈蚊帳〔かや〕

「蚊帳」が人々の生活の中から消えてしまったのは、いつごろでしょうか。恐らく昭和三十年代から四十年代にかけてのころだったと思います。網戸が普及し、次に扇風機が普及し、そして冷房装置が完備されるに至って、「蚊帳」の生活は、完全に終りを遂げたのです。若い世代で「蚊帳」に入った経験のある人は、ごくごく少数でしょう。見たことのある人も少ないと思います。やがて「蚊帳」という言葉そのものが消えてしまう、そんな運命を負っている寝具だと思います。

一般には麻、木綿、高級なものは絹で作られる萌黄色（もえぎいろ）の細かな網目状の四角い被（おお）いです。それを部屋に吊って、蚊を防いだのです。網戸も扇風機も、冷房装置もない時代には、戸や窓を開け放って涼をとりましたから、「蚊帳」は夏の生活の必需品だったのです。「蚊帳」により別世界が出現しますから、少年・少女は、わくわくしながら出入りしたのでした。

日野草城の〈蚊帳の裾（すそ）うなじを伸（の）べてくぐりけり〉の句が、「蚊帳」に入る瞬間を活写しています。出入りのこつがあるのです。「うなじ（項）」は、首すじです。

「秋」◈走り蕎麦（はしりそば）

「走り」が気になります。江戸時代の辞書である『俚言集覧』には、「江戸にて鰹などその外新物の一番に早きを走りと云」とあります。季節に一歩先駆けての食べ物ということでしょう。「旬」の前です。これですっきりしました。もともとは江戸言葉だったのです。

そういえば、今日でも「走り新茶」「走り筍」などといった言葉を耳にします。これで「走り蕎麦」も想像できます。「新蕎麦」のことなのです。「蕎麦刈」が冬の季節の言葉であるのに対して「走り蕎麦」「新蕎麦」は秋の季節の言葉なのです。

ただし、「走り蕎麦」という季節の言葉、明治時代になって生まれたようです。明治三十六年（一九〇三）刊の『袖珍俳句季寄せ』（俳書堂）には「走り蕎麦」が掲出されていますし、明治四十一年（一九〇八）刊、今井柏浦編『俳諧例句　新撰歳事記』（博文館）は、「走り蕎麦は早く出でたるの意なり」との説明を加えています。

早目に収穫した蕎麦の粉で作る「新蕎麦」の中でも、特に早いものが「走り蕎麦」と呼ばれて珍重されたのです。

「秋」◈ 新走〔あらばしり〕

酒好きの人々には、実に心地よい響きの言葉だと思います。芭蕉の愛弟子の一人に伊達（ダンディー）で知られていた其角がいますが、その其角に〈十五から酒をのみ出てけふの月〉の作品（俳句）があります。酒を飲みながら名月を観賞しているのです。そして呟くのです。はじめて酒を飲んだのは十五歳だった、と。芭蕉も酒好きでしたが、其角は、大の字が付く酒好きでした。江戸に暮らす芭蕉や其角も「新走」を待ち焦がれていたことでしょう。

「新走」は、新米で作る「新酒」のことですが、「新酒」とは微妙に意味を異にします。享和三年（一八〇三）刊、曲亭馬琴の『俳諧歳時記』は「新走」を「池田、伊丹の新酒船、大抵季秋、初冬の間に江戸着す。そのはじめて入津するものをあらばしりといふ」と説明しています。

酒で知られる池田や伊丹の「新酒船」が九月（季秋）か十月（初冬）に、はじめて江戸の港に入って（入津）陸揚げされる、その酒が「新走」だというわけです。船が江戸に走るということでしょう。「新酒」の中でももっとも早いものをいう、との説もあります。

「秋」◈ 灯火親し〔とうかしたし〕

宋代に編(あ)まれた中国の詩文集『古文真宝(こぶんしんぽう)』（前集・後集）は、室町時代に日本に伝わり、江戸時代を通して多くの人々に読まれました。その中に唐の詩人韓退之(かんたいし)の「符(ふ)書を城南に読む」（前集）という詩が入っていますが、その一節に「新涼郊墟(こうきょ)（城外の村）に入る。灯火稍(やや)親しむ可(べ)し」が見えます。初秋の涼しさが村にやってきた、灯火に親しみ、読書に励むべきである、というのであります。この詩句が人々に愛され、その中の「灯火親し」という言葉が注目されて、秋の季節の言葉として定まったということだと思います。

ただし、江戸の文人たちに愛読された『古文真宝』であるにもかかわらず、不思議なことに江戸時代の歳時記に「灯火親し」という季節の言葉は採録されていません。昭和二年（一九二七）刊、今井柏浦編『昭和一万句』（修省堂）には「灯火親し」の項があり、正岡子規の門人青木月斗(あおきげっと)の〈障子しめて灯下親しき硯哉(すずりかな)〉をはじめとして全四句が掲出されています。意外に遅く、このころから定着していった季節の言葉ということのようです。

「秋」◈ 盂蘭盆会〔うらぼんえ〕

なつかしくも、むずかしい言葉ですね。要は、「お盆」のことだとはわかるのですが、「盂蘭」とはなんなのでしょうか、「盆」とはなんなのでしょうか。どうも「盂蘭盆」で一語のようです。今の若者だけでなく、日本人は昔から言葉を省略するのが好きだったのですね。それにしても、「盂蘭盆会」を「お盆」とは、随分思い切った省略です。ただし、「盂蘭盆」の語源は、サンスクリット語（梵語）説（地獄の苦しみの意）、古代ソグド語説（霊魂祭の意）等があり、はっきりしないようです。

江戸時代の歳時記『俳諧新式』（元禄十一年刊）は、「盂蘭」も「盆」も器のことであり、七月十五日、「盂蘭」（器）に供物を盛って僧に施す日が「盂蘭盆会」だと説明しています。日本は仏教国だといわれていますが、「お盆」の行事一つにしてもはっきりしないことが多いようです。

普通には、陰暦の七月十三日から十六日の間祖先の霊を招いて、様々な物を供え、供養する日、との理解でいいと思います。この間、蓮の葉に糯米の飯を包んだ「蓮葉飯」を供え、また食するという習慣もあるようです。

「秋」◈ 施餓鬼〔せがき〕

「おせがき」という言葉を耳にしたり、あるいは、行事自体に直接かかわったりしたことがあるという人々は少なくないのではないかと思いますが、「施餓鬼」の意味するところは、いま一つはっきりしないのではないでしょうか。

もともとは、文字通り、修行の妨げになる餓鬼に飲食を施す儀式です。期日が定められていたわけではなかったのですが、日本では「盂蘭盆会」の儀式と混同して陰暦七月十五日に行うようになったようです。

「盂蘭盆会」の行事が各家庭で行われるのに対して、「施餓鬼」は寺で行われます。亡くなってからはじめてまわってくる「新盆」においては、餓鬼（無縁仏）が「新仏」の精霊の成仏を妨げるということで、特に懇ろに「施餓鬼」が修されました（『佛教大事典』参照）。

そんな仏教行事に、さらに様々な習俗が絡んでいるようで、いかにも日本的であるのかもしれません。例えば芭蕉の時代の辞書『類船集』（延宝四年刊）には「瘧（間欠熱）をや（病）める人、せがきを執行すれば、たちまちおつる事有」などと記されています。

「秋」◈ 門火〔かどび〕

「お盆」の「迎火」「送火」のことを「門火」ともいいます。「門」は古語で、いわゆる「門」のことです。正月の「門松」も「門」に立てる歳神の依代（神が乗り移るもの）としての松との意味を持っているのです。

「迎火」「送火」は、祖先の霊を迎えたり、送ったりするために焚く火のことですが、必ずしも「門」で焚くものではないのです。京都の東山如意ヶ岳山腹で行われる大文字の火も送り火の一種であるのです。墓地で行われたり、海岸で行われたりもします。そんな「迎火」「送火」の中で、家の門の前で行われるのが「門火」です。

「門火」の材料としては、麻の皮をはいだ苧殻が用いられるのが一般的ですが、樺の皮、松の木など、地方によって色々なものが焚かれます。

祖先の精霊（霊魂）を迎える「迎火」は、陰暦の七月十三日の黄昏、精霊を送る「送火」は、七月十六日の夜に行います。「門火」は、「迎火」に対しても、「送火」に対してもいわれますので、俳句などで「門火」と出てきたら「迎火」か「送火」かを判断しなければなりません。

「秋」◈

掃苔〔そうたい〕

文字通りの意味は、苔をきれいに取り去ることであります。昭和十五年（一九四〇）に藤浪和子の『東京掃苔録』（東京名墓顕彰会）という本が出ています。東京都内の名のある墓を訪問しての探墓の記録です。例えば、正岡子規の墓が田端の大龍寺にあることなど、本書を繙けば、すぐに解決するわけです。墓石の苔を掃い、墓誌銘などを確認する、との意味を込めての『東京掃苔録』でありましょう。

ところがこの「掃苔」という言葉は「盂蘭盆会」と結び付いての秋の季節の言葉なのです。もちろん墓の苔を掃ったり、墓を洗ったりすることは季節と関係ないのですが、お盆は先祖供養の代表的な日ということで、「墓参」「掃苔」「墓洗う」等が秋の季節の言葉に定まったのです。

江戸時代の儒学者貝原益軒が甥の貝原好古とともに著わした『日本歳時記』（貞享元年刊）には、陰暦の七月十四日に先祖の墓を掃除し、七月十五日に墓参をする、と書かれています。「掃苔」という言葉、昭和六年（一九三一）刊の『詳註例句　歳事記大観』（修省堂）の中に見えます。

「秋」◈ 生身魂〔いきみたま〕

「お盆」の行事の中にあって、珍らしく微笑ましいのが「生身魂」です。「お盆」は精霊を供養する諸行事が繰り広げられるのですが、その中にあって、長生きしている父母を寿ぐのが「生身魂」です。室町時代以降、公武、庶民ともに行われていたようです。父母のいっそうの長寿を願い、病や苦悩がないことを祈願して、饗応をしたのです。

芭蕉と同時代の俳句作者鬼貫は、『独ごと』という本の中で、陰暦の七月十五日には、長寿に恵まれた父母に、子供が「蓮葉飯」や「鯖」を贈ってお祝いをする、と述べています。それを親戚縁者が共に食して祝ったようです。「鯖」は「刺鯖」と呼ばれるものですが、鬼貫は「鯖といふいを（魚）に鯖さし入れて」と説明しています。これはどういうものかといいますと、一尾の「鯖」の首の中に、もう一尾の「鯖」の首を入れたもののようです（『日次紀事』参照）。なにか謂れがあるのでしょうが、明らかでありません。

今日、「生身魂」の風習は消滅してしまいましたが、文字通りの意味、すなわち生者の霊ということで、長寿者を指す言葉として残っています。

「秋」◈ 精霊流し（しょうりょうながし）

昭和四十九年（一九七四）、さだまさしのフォークソング『精霊流し』が大ヒットしましたので、この言葉によって青春を振り返る人々も多いのではないでしょうか。作詞もさだまさし。「私の小さな弟が　何も知らずに　はしやぎまわって　精霊流しが華やかに　始まるのです」というフレーズがあります。

さだまさしは「しょうろうながし」と唄っていますが、地方によっては、そのように発音するようです。お盆の十五日、あるいは十六日に「精霊舟（しょうりょうぶね）」や「灯籠（とうろう）」を河や海に流すのです。さだまさしの歌は、「新仏（しんぼとけ）」（恋人）の霊を送るのですが、必ずしも祖霊ばかりでなく、無縁仏の供養の意味もあったようです。

「精霊」は、「聖霊」とも表記し、広く死者の霊魂のことを意味します。悲しみに満ちたお盆の諸行事の中にあって、「精霊舟」や「灯籠」の光によって演出される夜の「精霊流し」は不思議な幻想的華やかさがあります。

陰暦七月の行事ですので、秋の季節の言葉ということになりますが、陽暦になっても「盆」の諸行事を七月に行うところがあるため、夏の季節の言葉とする歳時記もあります。

「秋」◈ 今日の菊〔きょうのきく〕

「十日の菊六日の菖蒲」という諺があります。「六日の菖蒲十日の菊」ともいいます。九月九日は、菊の節句、そして五月五日は菖蒲の節句です。その日は、特に菊、そして菖蒲が愛でられるのです。が一日遅れたら、菊も菖蒲ももうすっかり人々の関心の埒外のものになってしまいます。すなわち時機に遅れて役立たないものの譬えです。

これで「今日の菊」の意味がおわかりいただけたことと思います。一年の中で「菊」に最も注目が集まる日、ということでの「今日」なのです。その日は、言うまでもなく九月九日です。「今日の月」という季節の言葉もありますが、この「今日」は、月が最も注目される日である八月十五日、すなわち仲秋の名月のことなのです。

中国の菊慈童の故事で知られているように菊は、不老不死の妙薬です。そこで、九月九日の菊の節句には、菊花酒を飲んで無病息災を願うのです。

芭蕉とも交流のあった言水という俳句作者に〈酒機嫌草にものいふけふの菊〉との作品があります。九月九日、菊花酒を飲み、好い機嫌で「けふの菊」〈今日の菊〉に話し掛けているのでしょう。

「秋」◈高きに登る〔たかきにのぼる〕

高い所に登ることが、なぜ季節の言葉になるのでしょうか。この言葉も不思議な言葉ですね。これは、中国の「登高」の故事が日本において根付いて秋の季節の言葉になったものです。漢の汝南（地名）の桓景が、費長房のアドバイスによって災厄を免れた故事です。

九月九日、災厄に見舞われそうになった桓景に、友人費長房は、赤い嚢に茱萸を入れ、それを臂に掛け、高い山に登って菊花酒を飲むようにと勧めたのでした。それを守った桓景は、災厄を免れたのだそうです。これによって中国では、陰暦の九月九日、高い所に登る習慣ができたのでした。

この故事がはやくに日本に入ってきて、定着したというわけです。歳時記の多くが「高きに登る」を秋の季節の言葉として掲出しています。ただし、中国の故事を正確に再現したということではなかったようです。蕪村と同時代の俳句作者闌更に〈菊の酒醒めて高きに登りけり〉の句がありますが、先に菊花酒を飲んで、酔が醒めてから「高きに登る」というのですから、中国の故事とは順序が違いますものね。

「秋」◈ 鳴子〔なるこ〕

天賦（てんぶ）の才に恵まれた文学者正岡子規に注目し、活躍の場を提供したのが、ジャーナリストであり、新聞「日本」の社長でもあった陸羯南（くがかつなん）です。子規は、新聞「日本」を発表の場として、その才を十分に発揮したのでした。羯南がいなかったならば、子規という文学者は誕生しなかったかもしれません。

その羯南に〈村雀さわぐ田づらに風たちて鳴子ひく児（こ）が袖かへるみゆ〉という歌が残っています。羯南の故郷青森県弘前（ひろさき）の風景でしょうか。田圃（たんぼ）に群（むら）がる沢山の雀。それを追い払おうと農家の少年が「鳴子」を引くのです。折からの風に少年の袖が翻（ひるがえ）るのです。これぞ日本の原風景というべき光景でありましょう。昭和三十年代頃までは、こんな光景が日本各地で見られましたが、今ではこの「鳴子」、すっかり影をひそめてしまいました。『万葉集』の時代より続く日本の秋の風物詩として残してほしいものです。

「鳴子」の装置は簡単で、板に細い竹の管を取り付けたもので、それを縄で引くと鳴るようになっているものです（70ページ参照）。田圃に張っておき、雀や猪、鹿などを追い払ったのです。

「秋」◈菊枕〔きくまくら〕

「菊枕」ですぐに思い出すのが、高浜虚子と杉田久女の二人の俳句作者をモデルにしての松本清張の短篇小説『菊枕』であります。その中にこんな一節があります。

「昭和三年か四年の秋であった。ぬい（久女）は布で作った嚢をもってしきりと出歩いた。帰ってくると嚢の中は、大小色々の菊の花が入っていた。それを縁側にならべて蔭干しにした。大輪の花でも干すと凋んで縮まる。それを香りがぬけぬよう別な布嚢に入れ、さらに花を摘んできては乾した。何をするのだと圭助（ぬいの夫三岡圭助、実名杉田宇内）がきくと、『先生（宮萩梅堂、虚子）に差上げる菊枕です』といった」という一節です。

「菊枕」については、江戸時代の『本朝食鑑』（元禄十年刊）という本の中の「黄菊花」に関しての記述の中に「乾した菊花を布嚢に入れ、枕にすれば、頭目の疾を除く」と記されています。目眩や頭痛、眼病に効くというのです。

歳時記では、江戸時代後期、嘉永元年（一八四八）刊『季寄新題集』に「花を集て枕に入る。くすり也。又邪気ばらひ」と見えます。サプリメントブームの今日、市販されていないのが不思議です。

「冬」◈ 口切〔くちきり〕

茶道に心得のある方にとっては、なんともいえず清新な響きを持った言葉が「口切」だと思います。そして「口切」が冬の季節の言葉であるということも、即座に納得されることでしょう。が、お茶に無縁の人々にとっては全くイメージが湧かない言葉であろうかと思われます。

新茶を茶壺に保存し、蓋で口を閉じ、和紙と糊でしっかりと塗り固めて一夏を越させ、初冬のころ茶会を開き、小刀で貼っておいた紙を切って蓋を開（あ）け、茶を取り出して茶臼（ちゃうす）で碾（ひ）いて抹茶とし、それを立て、客に振舞います。この茶会全体を「口切の茶事」といい、茶壺の蓋の和紙を切り、蓋を開ける「晴（はれ）」の行為を「口切」といいます。江戸時代の歳時記では「壺の口切」「茶の口切」として掲出している本もあります。茶家にとっては正月の儀式に相当するもので、厳（おごそ）かな雰囲気の中で行われます。

芭蕉の句に〈口切に堺の庭ぞなつかしき〉がありますが、これは門人の家での「口切」に招かれた折の挨拶句です。時間、空間を越えて、堺の千利休（せんのりきゅう）の茶庭が偲ばれるというのでありましょう。

「冬」◈ 埋火〔うずみび〕

遠い日の少年・少女のころのおだやかな生活へと誘ってくれる季節の言葉です。囲炉裏や火鉢の生活がいつの間にか、普通の家庭から消えていました。今では、旅先の山峡の旅館でかろうじて体験できるといった状況になってしまいました。例えば、静岡県富士川町の天子岳の麓にある宿（天子荘）などでは、今でも囲炉裏と火鉢の生活体験ができます。全国にいくつかは、そんな旅館があると思います。

「埋火」はずっと昔からある冬の季節の言葉で、平安時代の歌人藤原俊成は〈うづみ火のあたりにちかきうたたねに春の花こそ夢に見えけれ〉と詠んでいます。「埋火」とは、よくおこった炭に灰をかけた状態をいいます。よくおこった炭は、傍にいると熱いぐらいなのですが、部屋が暖まった後の「埋火」は、「うたたね」を誘うほどに気持ちのいいものなのです。俊成は、その心地よさを春の花を夢に見るほどだといっていますが、納得できます。

「埋火」にしますと、炭がぐんと長持ちしますから節約にもなるのです。一晩ぐらいは平気で持ちますから、翌朝、炭を継ぎ足せばいいのです。

「冬」◈ 風呂吹〔ふろふき〕

「風呂吹大根」のことですが、一番気になるのは、この料理をなぜ「風呂吹」というのか、ということではないでしょうか。江戸時代の戯作者（小説家）山東京伝が『骨董集』（文化十年成）という本の中で一説を披露しています。

江戸時代には、「空風呂」（蒸気で発汗させる蒸風呂）が流行っていました。そこでは垢掻が客に息を吹きかけながら垢を落としたそうです。そこで垢掻の者を「風呂吹」と呼ぶようになったそうです。

それでは、大根料理の「風呂吹」の方は。京伝は「息を吹かけてくらふさま、かの風呂吹に似るゆゑならん」と説明しています。ちょっと食欲がなくなってしまいそうな話ですが、こんなところが語源のようです。冬の季節の言葉であるということは、大根が冬のものですのですぐに納得いただけると思います。

料理の「風呂吹」は、厚めに切った大根を昆布のだしでゆでて、練り味噌を付けて食べる料理です。大根のかわりに蕪を用いることもあります。正岡子規は、明治三十二年（一八九九）の蕪村忌に集まった人々に「風呂吹」を振舞っています。

「冬」◈ 煮凝〔にこごり〕

今日、「煮凝」といえば、すぐに連想されるのが、女性に人気のあるコラーゲンでしょう。そして、「煮凝」が季節の言葉であることにびっくりされると思います。「煮凝」は、立派な冬の季節の言葉なのです。

この場合の「煮凝」は、人工的な調理方法による「煮凝」ではなく、魚の煮汁が冬の寒さによって自然に固ったものを指します。これによって季節感が生じます。冬の日、前日の夕食が煮魚であった場合など、翌朝「煮凝」となっていることを期待してわくわくしながら食卓に着いた、という経験は、誰もが持っているのではないでしょうか。

明治時代の俳人正岡子規も「煮凝」の句を作っていますが、まさにそんな作品です。〈煮凝の出来るも嬉し新世帯（しんじょたい）〉という句です。また〈煮凍（にこごり）や北に向きたる台所〉という句も作っています。台所は、普通北向きの場所にありますので、まさに「煮凍」（と子規は表記していますね。「煮凝」「煮凍」両方の用字法があります）にはうってつけということです。

江戸時代の歳時記類には「こごり」（氷凝・凝魚）としても出てきます。

「冬」◈ 薬喰〔くすりぐい〕

この言葉を聞いたことのない人には、全くイメージし得ない言葉だと思います。「薬喰」を丁寧に説明しているのは、江戸時代の歳時記『滑稽雑談(こっけいぞうだん)』(寛延三年跋)です。陰暦十二月の部に「和俗、寒に入て三日、七日、或(あるい)は三十日が間、其(その)功用に応じて、鹿、猪、兎、牛等の肉を喰ふ。是(これ)を薬喰と称する也」と記されています。

これで季節の言葉としての「薬喰」の内容がはっきりしたと思います。「和俗」は、日本の習俗(ならわし)との意味です。寒中に滋養、強壮のために獣の肉を食べることが「薬喰」だったのです。

江戸時代には日常語として用いられていたようですが、今日ではほとんど耳にしない言葉だと思います。もし「薬喰」を話題にして会話が弾(はず)んだとしたならば、よほど季節の言葉に精通している人々の集まりだと思います。

江戸時代の蕪村に〈客僧の狸寝入(たぬきねいり)やくすり喰(ぐい)〉という滑稽の一句があります。僧は生臭物(なまぐさもの)が禁じられていますので、「薬喰」がはじまると、やむをえず「狸寝入」をせざるを得ない、というのです。「狸」を食材にしての「薬喰」であることを匂わせています。

「冬」 寒紅〈かんべに〉

女性の皆さんにとって身近な「紅」は、「頬紅」「口紅」「爪紅」などの化粧品の「紅」ですね。最近は化学染料によって作られますが、本来は「紅花」から作られていました。

江戸時代の辞書『毛吹草』に「最上紅花」と見えますように、「紅花」は出羽（山形県）最上地方の特産物でした。今日でも最上地方は「紅花」栽培が盛んです。芭蕉の句に〈眉掃を面影にして紅粉の花〉（「眉掃」は、眉についた白粉を払う化粧道具で、形が紅花に似ています）がありますが、この句の前書にも「出羽の最上を過て」と見えます。出羽尾花沢の紅花問屋鈴木清風宅を訪れる途中で目にした夏の光景でありましょう。

その「紅花」の花から作るのが「紅」ですが、「寒」（立春前の三十日間）の間に製したものを、特に「寒紅」といいます。質が良好であるということで、今日でも女性に人気があるようです。

昭和初期に大流行した野口雨情の歌曲『紅屋の娘』は「紅屋の娘のいうことにゃサノいうことにゃ」ではじまりますが、この「紅屋」が化粧品の「紅」を売る店です。

「冬」◈寒の水〔かんのみず〕

江戸時代の歳時記である文政元年（一八一八）刊『季引席用集』には、すでに「寒の水」が季節の言葉として収録されています。

まず、日常生活でごく普通に使われている「寒」とはなんなのでしょうか。立春の前日までの一年間で最も寒さの厳しい期間約三十日を「寒」といいます。「寒の水」のほかに「寒九の水」という言葉もありますが、「寒」に入って九日目を「寒九」といいますので、その日の水を特に「寒九の水」というわけです。というわけで「寒の水」「寒九の水」は、「寒の期間全体と、九日目の一日のみとの違い」ということになります。

そこで「寒の水」について述べておきます。寒の間に井戸の水を汲んで、桶や甕に入れ貯えておくのです。これが「寒の水」です。薬を飲むときに用いると、薬の効き目が増すといわれ、また一般の飲み水として使っても、健康になるといわれています。

今日でも、地方によっては、「寒の水を飲むと長生する」とか「寒の水を飲めば夏痩しない」という俗信が残っています。

「冬」◈ 寒卵〔かんたまご〕

江戸時代の井原西鶴(さいかく)の『好色一代女(こうしょくいちだいおんな)』という小説の中に、「一代女」が、いけ好かない男に対して過度の情交を迫り、すっかり弱らせてしまう、という場面があります。その描写に「昼夜のわかちもなくたはぶれ掛けて、よわれば、鱣汁(どじょうじる)、卵、山の芋を仕掛け」とあります。精力を付けさせては、執拗に挑み掛かったのです。男が弱った時に食べさせたのが「鱣（鰌）汁」「卵」「山の芋」ということで、「卵」は、代表的な強精食品の一つだったのです。

昭和二十年代、病人への見舞品の代表は「卵」でした。当時は、紙の箱に籾殻(もみがら)を詰め、その中に「卵」を埋めて贈物としていました。大変貴重なものだったのです。

鶏卵はたんぱく質、脂肪、灰分等、多くの栄養素に恵まれている理想的な食品なのですが、「寒」時（立春前三十日間）の「卵」は、特に滋養が高く好まれました。蕪村の友人太祇(たいぎ)に〈苞(つと)にする十の命や寒鶏卵(かんたまご)〉の句がありますように（「苞」は土産です）、「寒卵」そのものは江戸時代より注目されていたのですが、冬の季節の言葉として認定されたのは、明治時代になってからです。

「冬」 年の市〔としのいち〕

今日においても、正月が近づくとデパートの商店街が、一斉に模様替えして、正月用品一色となります。そんな「もういくつねると　お正月」の気分です）の中を、買い物をして歩くのは、慌しい中にも、なんとなく心浮き立って、楽しいものです。

季節の言葉である「年の市」は、江戸時代の歳時記、享保二年（一七一七）刊の『通俗志』に採録されています。それよりはやく、芭蕉も、貞享三年（一六八六）に、〈年の市線香買に出ばやな〉と詠んでいます。隠遁者芭蕉ではありましたが「年の市」の雑踏は嫌いではなかったようで、一句からは、芭蕉の弾むような気分が伝わってきます。

明治四十四年（一九一一）刊、若月紫蘭著『東京年中行事』（春陽堂）には、「年の市」が「正月の目出度い飾物の数々は云ふに及ばず、神祭る諸道具、台所道具、羽子板破魔弓なんど、ありとあらゆるお正月の品物を処狭きまでに押しならべて、さあ縁喜のいいのを負かった負かったと叫び立てて客を引くなる年の市」と活写されています。

「冬」 鬼やらい〔おにやらい〕

はやく『礼記』や『論語』に見える中国の儺の風習が日本に入り、日本流に咀嚼されたもののようです。この「鬼」は、疫病等を齎す悪鬼です。それを追い払う、というのが「やらい」です。「やらう」という動詞が名詞化されたものです。もともとは十二月の晦日に行われていましたが、近年は「節分」の夜に行われています。「追儺」「儺やらひ」ともいいます。「儺」は音読みで「ダ」「ナ」。この文字一つだけで疫鬼を駆逐するとの意味があります（『大漢和辞典』参照）。ですから、「追儺」にしても「儺やらひ」にしても、同意の繰返しになってしまっているわけです。

鎌倉時代の歌人藤原家良の歌に〈ももしきの大宮人もききつぎておにおふほどに夜はふけにけり〉がありますが、「鬼やらい」の行事は、禁中、貴族から庶民へと広がっていったのです。

疫鬼を撃退するのですが、これに「鬼は外、福は内」の唱言による「豆打」が加わるのは、「鬼やらひ」を節分に行うようになってからのようです。煎り豆を打ち、疫鬼の眼を打ちつぶさんとの思いがあったのです（『日本歳時記』参照）。

「新年」❖ 若水〔わかみず〕

今日、日常生活において、なんの疑問も持たずに使用している洋式水道が日本ではじめて完成したのは横浜で、明治二十年（一八八七）十月のことだそうです。東京は、ぐっと遅れて明治三十二年（一八九九）十二月とのこと（『明治事物起源』参照）。新年の季節の言葉である「若水」の「水」が、水道水でないことは明らかであります。

もともとは立春の宮中の行事であったものが、民間でも元日に行われるようになったのです。大晦日に井戸に蓋をし、元日の朝、これを開き、「若水桶」に「若水」を汲み入れるのです。「若水」を飲めば、一年間の邪気を除くといわれています。井戸からの水ということを讃美して「井華水（せいかすい）」とも呼ばれていました。

「若水」を顔や手を洗い清める「初手水（はっちょうず）」に用いたことはもちろんですが、「雑煮」も「若水」によって調じられました。「若水」のほかに「一番水（いちばんみず）」「福水（ふくみず）」などとも呼ばれました。

今は水道の生活の中での新年ですが、元日の朝一番の水道水には、なんとなく淑気（しゅつき）を感じるように思います。大切にしたい行事の一つです。

「新年」◈ 初鏡〈はつかがみ〉

「鏡」そのものは古く『古事記』の中にも登場しますが、「初鏡」という季節の言葉は、いつ誕生したのでしょうか。芭蕉と同時代の俳句作者鬼貫に〈梅や紅人の気の初鏡〉という作品があります。前書に「元朝」とあります。享保十三年(一七二八)の作品であることがわかっています。

元日の朝、紅梅を視野に入れつつ、その年はじめての「鏡」に向っていると、人の気配がした、ということでしょうが、この「初鏡」などは、まさに「新年始めて鏡に向ふを云ふ」(『新脩歳時記』)との歳時記的な意味での「初鏡」でありましょう。鬼貫は新年、女性が「鏡」に向うことに大いなる関心があったようで、『独ごと』(享保三年刊)という本にも元日の早朝の描写の中で「灯に鏡立て、妹がころものうらめづらしく粧いなし」と記しています。夜明け前から「初鏡」に向い灯を明るくして、晴着を着ているというのです。

ただし、鬼貫の記述を例外として、江戸時代の歳時記には「初鏡」という新年の季節の言葉は出てきません。「初鏡」は、ガラスの鏡が普及する明治時代になって注目されるようになったのでした。

「新年」◈ 祝箸〔いわいばし〕

年用意の一つに「祝箸」の入った真っ白な地に松竹梅などをあしらった箸袋に、墨で家族の名前を書くという作業があると思います。「裏白」とか「譲葉」「橙」などを用いての正月飾りを商う店はめっきり少なくなってしまいましたが、「祝箸」は十膳一セットくらいでスーパーでもデパートでも、どこでも手に入るのは、ちょっと不思議な気がしないでもありません。食にかかわる部分での風習は、意外に残っていくのかもしれません。

「祝箸」は、柳の木で作られている両端を細く削った太目の丸箸です。それで、「太箸」とも「柳箸」ともいわれます。なぜ正月にこのような箸を用いるようになったのかは、はっきりしません。将軍足利義勝の元旦の箸が折れ、その年の秋、落馬して死んだことから、太く丈夫な箸にしたという俗説も伝わっています。それはともかく、新年早々、新しい箸が折れるのは気持ちのよいものではありませんので、太く丈夫な箸を用いることにしたのでありましょう。

俳句における季節の言葉としては、近年に至るまでもっぱら「太箸」が用いられていました。

「新年」◈ 歌かるた〔うたかるた〕

大阪心斎橋の小間物店で上品な母娘(おやこ)が塗物に収められた『百人一首』を求めるのを目にした国文学者の栗山理一は「久しく、ともすれば忘れがちにすごした歌かるたは、あのうらわびしい故郷の新春と少年時代の回想などからませて、つめたい頬も熱くなるやうなおどろきを与へた」(「小倉山荘色紙和歌」)と綴っています。

この文章に登場する「歌かるた」、今の若い世代の人々にはいま一つぴんと来ないでしょうが、新年の季節の言葉なのです。かつて、正月になると男の子は凧揚(たこあげ)に興じ、女の子は追羽根(おいばね)に興じたものでした。夜になると双六(すごろく)に「いろはかるた」。そして、大人たちが興じたのが「歌かるた」だったのです。

今の歳時記は「かるた」で項目が立てられていますが、明治、大正時代の歳時記は「歌かるた」で項目が立てられています。「かるた」といえば、藤原定家(ていか)撰の『小倉百人一首』ということだったのです。

正岡子規に〈歌かるた知らぬ女と並びけり〉の句がありますが、新年の華やかさが伝わってきますね。

「新年」◈ 初夢〔はつゆめ〕

ある世代より上の方は、幼いころ祖父や祖母より「一富士二鷹三茄子(なすび)」という言葉を聞かれたことがあると思います。初夢に見ると縁起がよいものです。これ、フロイト流に分析するとどういうことになるのでしょうか。よけいなことまで気になってきますね。

それよりも皆さんがもっと気になるのは、「初夢」って、いつ見る夢のこと、ということだろうと思います。江戸時代の風俗百科事典、喜多村筠庭(きたむらいんてい)著『嬉遊笑覧(きゆうしょうらん)』に「節分の夜のを初夢とするなり。今、江戸にて元日をおきて、二日の夜とするものは其故(そのゆえ)をしらず。晦日は民間には事繁(しげ)く、大かたは寝るものなし。この故(ゆえ)に元日の夜はいたくこうじて（大変疲れて）いぬめれば、さるまじなひ事などは麁略(そりやく)にしたるよりの事にや」と説かれています。

「初夢」は「節分」、すなわち大晦日の夜から元旦の暁の間に見る夢だったのですが、庶民の大晦日は忙しくて寝る間もないので、元日は疲れてぐっすり寝込んでしまう。そこで二日の夜から三日の朝にかけて見る夢を「初夢」というようになった、というわけです。

「新年」◈ ひめ始〔ひめはじめ〕

諸説がありいまひとつはっきりしない季節の言葉である「ひめ始」ですが、俗説とされているものが一番普及しているようです。

諸説とは「火水始」説、「糄糅始」説、「飛馬始」説、「姫始」説です。いずれも「ひめはじめ」と読みます。「火水」はいいとして、「糄糅」は、柔らかく炊いた飯の意味です。それぞれ火水の用い始、飯の供し始ということでありましょう。「飛馬始」は、馬の乗初(のりぞめ)ということです。そして「姫始」が一番普及している男女の交合始との説です。西鶴の小説『好色五人女』の「中段に見る暦屋(こよみや)物語」（いわゆる大経師(だいきょうじ)おさんと茂右衛(もえもん)の話です）の中に「天和(てんな)二年の暦(こよみ)、正月一日、吉書。万(よろず)によし。二日、姫はじめ。神代のむかしより此(この)事、恋しり鳥のをしへ、男女のいたづらやむ事なし」との記述が見えます。

正月二日が「ひめ始」（「姫始」）だというのであります。「男女のいたづら」は、今日言うところの不倫ですが、それは西鶴の小説の中の出来事であり、普通には、その年、男女がはじめて交合する日ということなのです。正岡子規も、この説に加担して、「俳句分類」の仕事において「姫始」と表記しています。

「新年」◈ 初荷〈はつに〉

横浜の町から「初荷」が消えてしまったのは、いつごろだったのでしょうか。昭和二十六、七年ごろは、確かに新年、商(あきな)いはじめの「初荷」のトラックが走っていました。特に印象深かったのが初出荷の野菜を積んだトラックでした。野菜は、金や銀や赤のモールで美しく飾られ、祝の旗が何本もはためいていました。子供たちは、そんなトラックが目の前を走り去るのを、まるで花電車でも見るように、目を輝かせて見送ったのでした。

明治時代は、もっと賑やかだったようです。明治四十四年（一九一一）刊、若月紫蘭著『東京年中行事』（春陽堂）には、その様子が「提灯(ちょうちん)、国旗、五色に染(そ)めなした長き短き小旗の数々で飾り立てた荷車、さては色々と意匠凝(こら)した山車(だし)や花山車(はなだし)、美しく装(よそお)ふた駄馬に曳(ひ)かせつつ、楽隊や馬鹿囃(ばかばやし)でドンチャンドンチャンと囃(はや)し立てて進むものあれば、藍(あい)の香の鼻をつく揃(そろい)の法被(はっぴ)に向(むこ)ふ鉢巻、屠蘇機嫌(とそきげん)に猩々(しょうじょう)の様になって、さびた木遣(きやり)の咽喉(のど)を暁の風に振りしぼりつつ、緩々(ゆるゆる)と牛車(うしぐるま)にひかする賑(にぎ)はしさ景気よさ」と描写されています。荷車や馬車や牛車の時代です。正岡子規に〈痩馬をかざり立てたる初荷哉(かな)〉の句があります。

「新年」◈ 松の内〔まつのうち〕

　マンションで生活する人々が増え、門松（かどまつ）を立てる家がめっきり少なくなってしまいました。門松を立てる風習がはじまったのは平安時代の末から鎌倉時代のようです。歳神（としがみ）を迎える依代（よりしろ）として家々の門に飾られたとする説が有力です。この松が門に立っている間が「松の内」ということになりますが、門松を見かけなくなった今日では、「松の内」という言葉だけが、なんとなく一人歩きしているのではないでしょうか。
では、「松の内」とは、いつまでをいうのでしょうか。門松や注連縄（しめなわ）を取り除く日までなのですが、これが二説あるのです。七日説と十五日説です。

江戸時代の歳時記である『華実年浪草（かじつとしなみぐさ）』という本に「正月十五日迄を松の内、注連（しめ）の内と云（いう）。十五日の朝、門戸（もんこ）の飾りを左義長に爆（ほこ）らす也。江戸には七日迄にて門戸の飾りを除く、近来の風俗なり」と記されています。

　もともとは一月一日より十五日までが「松の内」だったものが、七日までになったというのです。近年はもっと短縮されて、のんびりとした正月気分が味わえるのは、せいぜい三ヶ日まででしょうか。

「新年」◈ 繭玉〔まゆだま〕

「玉繭」と混同しそうになりますが、「玉繭」は「繭」そのもののことをいい夏の季節の言葉ですが、「繭玉」のほうは、団子の飾り物で新年の季節の言葉になります。「繭」は、地方によって「まい」ともいいますので「まいだま」とも呼んでいます。

この「繭玉」については、江戸時代の『閭里歳時記』という本の中に詳しく記されています。一月十四日、正月の松、注連縄を外した後に「繭玉」を飾るのだそうです。「繭玉」は、榎や柳の枝に米粉の団子を沢山挿し、花が咲いたようにして飾るのです。団子を「繭」に見立てているのです。農家では、特に盛大だったようですが、それは養蚕による利益への願いを込めて、ということだったようです。「繭玉」は、蚕が木に繭を作り掛けたところを示しているのだそうです（70ページ参照）。「餅花」というのも、ほぼ同様なものですが、「繭」の形にはこだわらなかったようです。明治三十六年（一九〇三）刊の『袖珍俳句季寄せ』（俳書堂）は、「餅花」と「繭玉」を併記しています。近年、「繭玉」は、養蚕の予祝を離れ、正月の装飾用品として愛用されています。

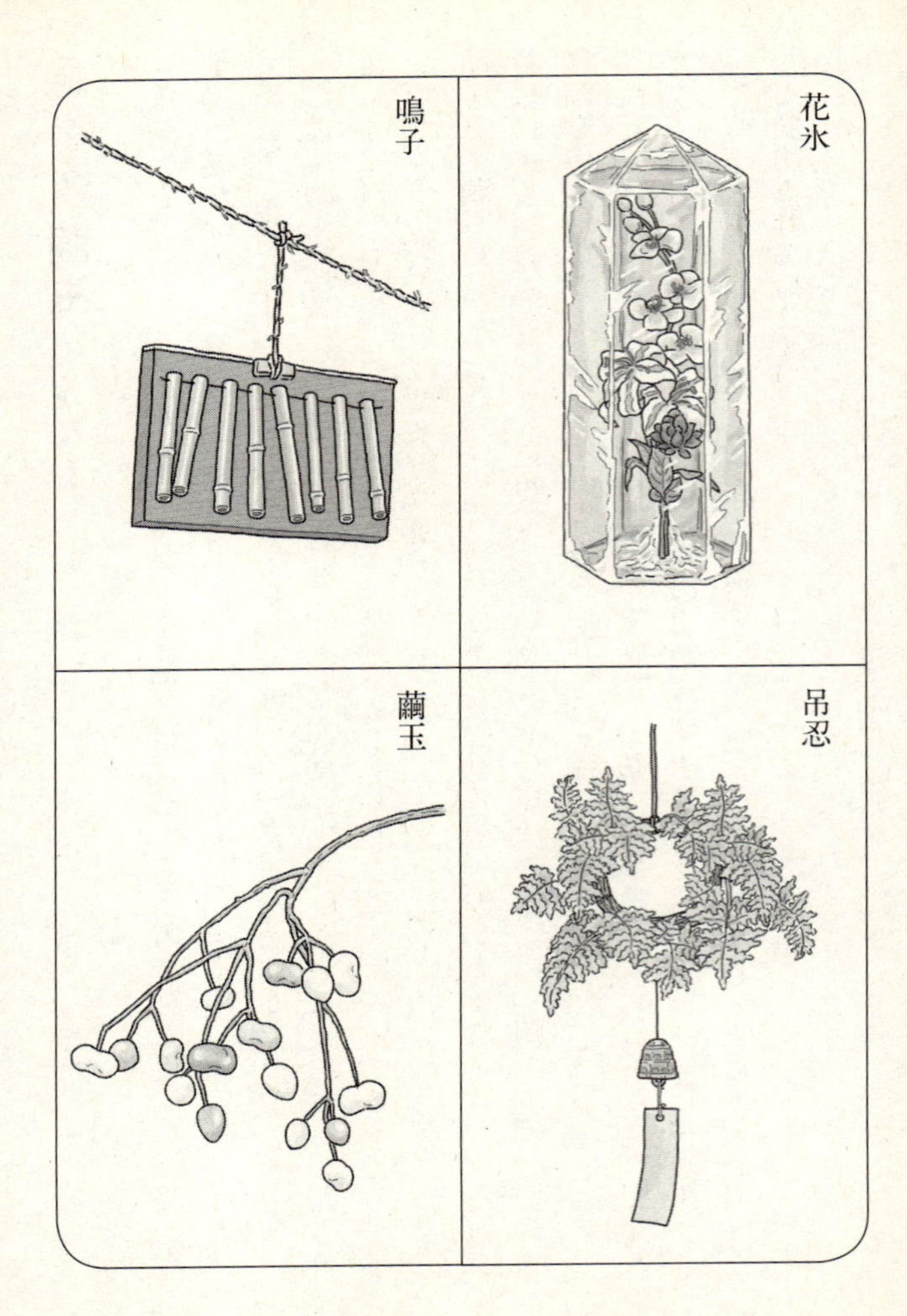
花氷
鳴子
吊忍
繭玉

第二章…時候にまつわる美しい四季の言葉

「春」◈ 春の曙〔はるのあけぼの〕

「春の曙」といえば、誰でもすぐに思い出すのが清少納言の『枕草子』の冒頭の一節「春はあけぼの。やうやうしろくなり行く、山ぎはすこしあかりて、むらさきだちたる雲のほそくたなびきたる」でしょう。これによって「春」と「曙」が堅固に結び付けられたのです。「曙」とは、夜明けの空が明るんできた時のことをいいます。

ちなみに清少納言は、「夏はよる」「秋は夕暮」「冬はつとめて（早暁）」といっています。後代に強い影響力を持った発言でした。それゆえ、はやく、和歌の世界において「春の曙」（「春曙」）という季節の言葉が生まれたのです。才女の美意識には感嘆を禁じ得ません。

『新古今和歌集』を代表する才媛式子内親王も、清少納言の美意識をしっかりと受け止めて〈鳥のねもかすみもつねの色ならで花さきかをるはるのあけぼの〉と詠んでいるのです。が、江戸時代の歳時記には、なぜか「春の曙」も「春曙」も、登場しないのです。わずかに俳諧関係の辞書である延宝四年（一六七六）刊『類船集』の中に採録されているに過ぎません。あまりにもインパクトが強過ぎ、圧倒されてしまったのでしょうか。

「春」◈ 料峭〔りょうしょう〕

季節の言葉には、こんなに難解な言葉もあるのです。日常生活の中では、まず出てこないのではないでしょうか。諸橋轍次著『大漢和辞典』（大修館）を繙いてみましょう。「春風の膚ざはりのつめたい形容。料は撫で触れる、峭はきびしい」とあります。すでに中国で春の季節の言葉として誕生し、宋の蘇軾などが用いていたのです。

日本の詩人たちは、いつごろこの言葉に関心を持ったのでしょうか。最近の大きな歳時記類では「春寒」の項の下に「料峭」が収められていますが、明治、大正、そして昭和の初期までの歳時記には全く出てきません。こんな季節の言葉もあるのですね。難解に過ぎるのでしょうか。

夏目漱石が明治四十年（一九〇七）に発表した小品『京に着ける夕』の中に「寒い町を通り抜けて、よくよく寒い所へ来たのである。遥かなる頭の上に見上げる空は、枝の為めに遮ぎられて、手の平程の奥に料峭たる星の影がきらりと光を放つた時、余は車を降りながら、元来何処へ寝るのだらうと考へた」と見えます。大正二年（一九一三）発表、吉丸一昌作詞『早春賦』の「春は名のみの風の寒さや」がぴたり「料峭」です。

「春」◈

山笑う〔やまわらう〕

季節の言葉の中には、こんな不思議な言葉もあるので面喰ってしまいますね。中国宋代の画家郭熙の「四時山」（『画品』）の「春山は、淡冶にして笑がごとし。夏山は、蒼翠にして滴るがごとし。秋山は、明浄にして粧がごとし。冬山は、惨淡（薄暗い様子）として眠るがごとし」から生まれた季節の言葉です。

「山笑う」が春の季節の言葉であるのに対して、「山滴る」が夏、「山粧う」が秋、「山眠る」が冬というわけです。「淡冶」は、あっさりして、なまめかしい、との意味があります。木々は緑に、そしてやがて花開く、そんな明るく艶な感じが「山笑う」です。

ちなみに「花笑う」とか「花笑む」は、桜の花が開花することです。桜がそのようになる直前の山の状態が「山笑う」ということだと思います。蕾が何輪か花開いた状態と見るのがよいでしょう。今日の言葉でいえば、開花宣言直前の桜でしょうか。そうでないと「淡冶」といった感じはしないのではないでしょうか。

「山笑う」という季節の言葉、享保二年（一七一七）刊の歳時記『通俗史』に載録されています。そのころから注目されだしたのでしょう。

「春」❖ 水温む〔みずぬるむ〕

今日(こんにち)、「水温む」といったことを実感し得(う)るのはどんな時でしょうか。大正元年(一九一二)に発表されている文部省唱歌に『春の小川』があります(高野辰之作詞)。「春の小川は　さらさら流る。岸のすみれや　れんげの花に、においめでたく　色うつくしく　咲けよ咲けよと　ささやく如く」、なつかしい歌詞ですね。こんな小川を眼前にしたら、直接手を触れなくても「水温む」といった状態が実感できるのではないでしょうか。

「春の水」という季節の言葉のイメージが、雪解け水を湛(たた)えて視覚的であるのに対して、「水温む」の方は触覚的です。文部省唱歌は、視覚を通して触覚までも刺激するところが見事です。流れに指先を浸したらやわらかい感じがするであろうことが、十分に想像できるからです。が、都会の生活の中に「春の小川」を見出(みいだ)すことは困難です。日々水仕事に精を出す主婦たちにとっては、「水温む」ということが実感し得るのは、大量の皿などを洗っている時かもしれませんね。なんとなく心が浮き浮きしてきて、仕事も捗(はかど)るのではないでしょうか。これが現代の「水温む」です。

「春」◈朧〔おぼろ〕

「朧」は、ちょっと厄介な季節の言葉です。芭蕉(ばしょう)の句に近江唐崎(からさき)(辛崎)の一つ松を面白がって詠んだ〈辛崎の松は花より朧にて〉があります。名所の一つ松が「朧」であることを喜んでいるのですが、この景色、昼だと思いますか、夜だと思いますか。

その前に、皆さんは、まず、「朧」が春の季節の言葉であることにびっくりされているのではないでしょうか。はっきりしない様子を、季節に関係なく「朧気(おぼろげ)」などといいますものね。「朧気な記憶」などと使います。しかし季節の言葉としての「朧」は、「朧月」に引かれて春、しかも夜限定の春の季節の言葉ということになるのです。『新古今和歌集』の中の大江千里(おおえのちさと)の歌〈照りもせず曇りもはてぬ春の夜の朧月夜にしくものぞなき〉の世界です。江戸時代の歳時記で「朧」単独で季節の言葉として掲出しているものはありませんが、太陽暦の最初の歳時記、明治七年(一八七四)刊『俳(はい)諧貝合(かいかいあわせ)』は、「朧」を春の季節の言葉として単独で掲出していて注目されます。

芭蕉の先の句も、近江八景の一つ「唐崎の夜雨」が念頭にあったでしょうから夜景と見てよいでしょう。

「春」◈ 花冷え〔はなびえ〕

桜の開花するころに、突然、冷え冷えとした日がやってくることがあります。これが「花冷え」です。この現象によって花の開花期間が延びるという利点もありますが、人々は、季節外れ(はず)の寒さにびっくりさせられることになります。

江戸時代の歳時記を繙きますと「花曇(はなぐもり)」「花の雨」等の季節の言葉は見出すことができますが、「花冷え」あるいは「花の冷(ひえ)」といった言葉は見出すことができません。なかなか趣(おもむき)のある言葉ですが、いつごろ誕生したものなのでしょうか。

明治、大正の歳時記の中では、大正十三年（一九二四）刊、今井柏浦(いまいはくほ)編『纂修歳事記(さんしゅうさいじき)』（修省堂）が、なんの説明も加えずに季節の言葉として掲出しているくらいです。昭和に入ると、昭和六年（一九三一）、同じく今井柏浦によって編(あ)まれた『詳註例句歳事記大観』（修省堂）の中に「花の冷」として掲出され、「花の冷は桜花満朶(まんだ)の中に在りて微冷を感ずること」との説明が加えられています。このあたりから「花冷え」「花の冷」が季節の言葉として徐々に定着してきたのでありましょう。

「春」◈遅日〔ちじつ〕

「遅き日」「暮遅し」「暮れかぬる」というのも、同じ意味の春の季節の言葉です。実際に日の入りが最も遅いのは、夏至（げし）ということになりますが、立春以後、日の入りは、徐々に遅くなっていきます。人々は、そこに冬が終わり、春が来たことを実感するのです。

蕪村（ぶそん）に「懐旧（かいきゅう）」と前書（まえがき）のある〈遅き日のつもりて遠きむかし哉（かな）〉の句がありますが、蕪村の浪漫（ろまん）主義的傾向が遺憾なく発揮されている作品です。「遅日」という言葉の持っている甘美なイメージに、蕪村もまた酔いしれているのです。正岡子規（まさおかしき）の門人、五十三歳の内藤鳴雪（ないとうめいせつ）は「私の大好きな句です」と、この句を絶賛しています。「遅日」という季節の言葉は、はやく鎌倉時代初頭に成立した『六百番歌合（ろっぴゃくばんうたあわせ）』において歌の題として掲出されています。その中に藤原隆信（ふじわらたかのぶ）の〈斯（か）くしつつ積（つも）れば惜しき春の日を閑（のど）けきものと何（なに）思ふらむ〉の歌が見えます。のどかな春の一日も、積もり積もってやがて惜しまれながら過ぎ去っていく、というのですが、この歌などが先の蕪村の句に影響を与えているのではないでしょうか。

「春」◈ 糸遊〔いとゆう〕

春の天気のよい日に野原などにゆらゆらと立ちのぼる「陽炎（かげろう）」のことです。空気の高温度化で光が不規則に屈折することによって起こります。

それにしても「糸遊」とは、なんと美しい言葉なのでしょう。古くからある言葉で、平安時代の歌謡集、藤原公任（きんとう）撰『和漢朗詠集（わかんろうえいしゅう）』の中に〈かすみはれみどりの空ものどけくてあるかなきかにあそぶ糸ゆふ〉との歌が見えます。

「陽炎」は、まるで糸が遊んでいるように見えるので「糸遊」と呼ばれるようになったのでありましょう。江戸時代の芭蕉も、水煙で有名な「室八嶋（むろのやしま）」（今の栃木県にある）を訪れた際に〈糸遊に結（むす）びつきたる煙哉（かな）〉と詠んで、戯（たわむ）れています。

「遊糸（ゆうし）」ともいいます。また動詞化して「糸遊ぶ」ということもあります。「かげろう」ということで「蜉蝣（かげろう）」（秋の虫）と混同されて「糸遊」が虫と見做（みな）されることもあったようですが、「糸遊」は、あくまでも自然現象です。

漢詩、和歌、連歌、俳諧、俳句を問わず、詩人たちを刺激した現象であり、また言葉であったようで、今日に至るまでに多くの作品が残されています。

「春」◈ 三月尽〔さんがつじん〕

最近の歳時記には「四月尽」「五月尽」「六月尽」とやたらに「尽」が多いのですが、正確には間違いです。和歌の時代からの歴史的な季節の言葉としては「三月尽」と「九月尽」があるだけです。「尽」とは、文字通り、つきる、おわるとの意味です。陰暦では、三月晦日(みそか)で春が終わるわけです。ですから「三月尽」。そして九月晦日で秋が終わるので「九月尽」ということなのです。花の三月、紅葉の九月は、その日限りなのです。人々は、感慨をもって最後の一日を過すことになります。

「三月尽」も「九月尽」も、和歌以来の季節の言葉です。和歌においては、季節の言葉のほとんどが和語(日本本来の日本語)ですので、訓読することになっていますが、「三月尽」や「九月尽」は音読することになっています(平安時代の歌論書『袋草子』参照)。

「三月尽」も「九月尽」も、漠然として春の終わり、秋の終わりをいう、ということではありません。あくまでも三月晦日、九月晦日、その日一日だけをいいます。陽暦では五月六日ごろが立夏ですから「四月尽」という言葉が生まれたのでしょうか。

「春」◈ 目借時〔めかりどき〕

ちょっと面白い言葉ですね。正しくは「蛙（かえる）の目借時」といいます。「春眠暁（あかつき）を覚えず」との言葉があるように、春は昼が長く、夜が短く感じられて、夜明けはもちろんのこと、昼間でもついうとうとしてしまいますね。そんな時節が「蛙の目借時」なのです。

なぜ「蛙の目借時」かといいますと、この時節、蛙が人の目を借りていくからだというわけです。蛙というと、私たちには、夏のイメージが強いのですが、和歌や俳句の上では、蛙がしきりに鳴くのは春と定められているのです。ですから、視覚の発達しているといわれる蛙と春の眠たさとが結び付いたのでありましょう。人々が知らない間に、蛙によってすっきりと目覚めた目を借りていかれたということなのです。その結果、眠むたくて、眠むたくて我慢ができないことになるのです。

「蛙が人の目を借りる時」――これが「蛙の目借時」となり、さらに短くなって「目借時」という言葉が誕生したということなのです。この言葉、江戸時代のごく初期元和九年（一六二三）に誕生した『醒睡笑（せいすいしょう）』という笑話集に出ていますので、そこそこ古い言葉なのです。

「春」◈

八十八夜〈はちじゅうはちや〉

子供のころに誰もが唄った歌、そして今も唄い継がれている歌に「夏も近づく八十八夜　野にも山にも若葉が茂る　あれに見えるは茶摘じゃないか　あかねだすきに菅の笠」がありますね。明治四十五年（一九一二）に発表されている文部省唱歌です。

この歌、よく味わえば「夏も近づく八十八夜」ですので、「八十八夜」が春の季節の言葉であることは一目瞭然なのですが、ややもすると初夏のイメージの中で理解されがちになっているのではないでしょうか。

立春から数えて八十八日目が「八十八夜」ですので、太陽暦ですと五月一日か二日ということになります。立夏が五月六日ごろですので、晩春ということになります。このころに最後の霜が降るとも言い伝えられており、それを「名残の霜」と呼びます。

正岡子規が明治二十六年（一八九三）に作った作品に〈出流れの晩茶も八十八夜かな〉がありますが、「新茶」が出る直前の「晩茶」ということでありましょう。「出流れ」は、「出がらし」のことです。文部省唱歌発表前の作品ですが、「八十八夜」といえば、やはり茶のイメージがあったのでしょう。

「夏」◈短夜〈みじかよ〉

一つの季節の言葉が一人の詩人によって命を吹き込まれ、途端に躍動しはじめるということがあります。夏の短い夜を表す「短夜」も、その一つです。

「短夜」に命を吹き込んだ詩人は、蕪村です。蕪村は生涯に四十四句もの「短夜」の作品を作っています。それらの中には〈みじか夜や毛むしの上に露の玉〉〈みじか夜や芦間（あしま）流るる蟹（かに）の泡（あわ）〉〈みじか夜や浅井（あさい）に柿の花を汲む〉といった「短夜」ゆえに発見し得た対象を的確に形象化した印象鮮明な作品もあります。蕪村を「短夜」の詩人と呼んでいいように思います。

蕪村が序文を寄せている歳時記に『俳題正名（はいだいまさな）』（天明二年刊）という本がありますが、その中に、もちろん「短夜」も、陰暦四月の季節の言葉として掲出されています。そして「ミジカヨ」とは別に「アケヤスキヨ」と書き添えてあります。そういうことなのです。

なお、「短夜」に対して「日永（ひなが）」は春の季節の言葉であり、「夜長（よなが）」は秋、「日短（ひみじか）」は冬の季節の言葉ということになります。中国より移入消化された言葉の中にも日本人の美意識の反映が窺（うかが）えます。

「夏」◈卯浪〔うなみ〕

同じ波でも「土用浪」のほうは、少年・少女時代からしばしば耳にしますので、恐ろしさとともになつかしさ、親しさを覚えるのではないでしょうか。特に海辺で育った少年・少女は、大人たちから「土用浪」の恐ろしさを、耳に胼胝ができるほどに聞かされたと思います。立秋前の夏の十八日間の土用のころの高波が「土用浪」です。対して「卯浪」のほうは、日常生活では、あまり耳にしない言葉ではないでしょうか。陰暦の四月を「卯月」といいます。「卯の花月」の省略された呼称です。白い卯の花が風で吹き散るような、そんな様子の波が「卯浪」です。「卯月浪」の省略されたものです。

「卯浪」も珍しいのですが、「卯浪」よりももっとびっくりさせられるのが「さ浪」です。これは「皐月浪」の省略されたものだそうです。「卯浪」も「さ浪」も、江戸時代の歳時記にすでに掲出されています。そして芭蕉の弟子許六は〈四五月のう波さ波やほととぎす〉という、まるで歳時記のお手本のような面白い作品を作っています。俳句全体、すべて季節の言葉だけで出来上がっています。

「夏」◈ 半夏生〈はんげしょう〉

気になる季節の言葉というものがあります。イメージが湧いてきそうで湧いてこない言葉です。「半夏生」など、その筆頭ではないでしょうか。江戸時代初期の俳諧辞書『せわ焼草』（明暦二年刊）の「中夏」（陰暦五月）の項には「半夏(はんげ)十五日」と見えます。陰暦五月十五日が夏の半(なか)ば、との理解でいいと思います。

一方、「半夏」とは、サトイモ科の植物烏柄杓(からすびしゃく)の異名でもあります。「半夏」は、漢方の呼び名で、塊茎(かんけい)（地下茎が肥大化したもの）を乾燥させたものを、漢方では咳止めに用いるのです。夏の半ばごろに生ずるので、その時節を「半夏生」と呼ぶともいわれています。

俗説では「半夏生」の日の暁、天から毒気が降るといわれています。それゆえ、「半夏生」の日の前夜は、屋外にある井戸を掩(おお)ったということです（『日次紀事(ひなみきじ)』）。芭蕉と交流のあった言水(ごんすい)に〈くまぬ井を娘のぞくな半夏生〉との句がありますが、まさにそのことを詠んだものです。普通、夏至より十一日目を指すといわれています。この日は不浄、淫欲、酒肉が禁じられていたそうです（『簠簋内伝(ほきないでん)』）。

「夏」◈ 雲の峰〔くものみね〕

真っ青な空にもくもくと沸き上がってくる巨大な「入道雲」を見上げる時、夏の只中にいることが実感できるのではないでしょうか。オフィスで仕事に追われていても、居間でくつろいでいても、頭の中にふと「入道雲」が沸き起った途端、人々は過ぎ去った青春の日の高原や海辺での一齣を、昨日の出来事のように鮮明に思い出すことができると思います。夏の思い出に「入道雲」は欠くことのできないものだと思います（「入道」って坊主頭の妖怪のことですよ。面白いですね）。

「雲の峰」は、その「入道雲」の別称なのです。詩の言葉としては「雲の峰」のほうが絶対的に人気があるようです。言葉から受けるイメージも大分違います。気象学的には「積乱雲」ということになるのですが、これですと、ますます味も素っ気もなくなってきます。

芭蕉一派の必読書であった安土桃山時代成立の『連歌至宝抄』（天正十四年成立）という本の中に「雲の峰」を説明して「雲の嶺と申は、嶺の如く恐ろしげに雲おほく立申候」と説明しています。そんなイメージからの季節の言葉なのでしょう。

「秋」◈今朝の秋〔けさのあき〕

この季節の言葉、「今朝」が独特の意味を持っているということで、大いに注目してよいと思います。日常生活において詩歌に接する機会の少ない人々にとっては「今朝の秋」といっても、どうということのない言葉でありましょう。秋という季節を迎えれば、毎日のように「今朝の秋」があるからです。そして、「昨日(きのう)の朝の秋」も「明日の朝の秋」も。ところが、詩歌における「今朝の秋」は違うのです。一シーズンの秋の中でも、特定のたった一日だけの「今朝の秋」を意味するのです。

「今朝」とは、不特定の今朝ではなく立秋の日の朝を意味する大切な言葉なのです。この日の朝から、秋という季節を迎えるのです。その感慨が込められている季節の言葉が「今朝の秋」なのです。散文的な言葉が、途端に詩情を帯びてくるではありませんか。季節の言葉の魅力は、こんなところにもあるのです。

ちなみに「今朝の春」「今朝の夏」「今朝の冬」は、それぞれ立春、立夏、立冬の日の朝を意味する言葉ですが、「今朝の秋」ほどの迫力はありませんね。

「秋」◈ 野分〔のわき〕

なつかしい言葉です。例えば『源氏物語』の「桐壺」の巻に「野分だちてにはかに肌寒き夕暮の程、常よりもおぼし出づること多くて、ゆげひの命婦といふを遣はす」と見えます。高等学校の時、「のわけ」ではなく「のわき」ですよ、と教えられたことなどを、昨日のように思い出すのではないでしょうか。ただし「のわけ」ともいうようです。

江戸時代の歳時記『季寄詳解　改正月令博物筌』(文化五年刊)には「のわき」の表記に「野分」とともに「暴風」を当てています。そして「八月に吹く大風をのわきといへり。草木を吹わくるゆへといひつたへたり」と説明しています。野山の草木を吹き分ける大風、ということで「野分」と呼ばれるようになったようです。

「暴風」には違いないのですが、今日、「暴風」という言葉にイメージするのとは異なり、自然に注目しての言葉として「野分」が人々の関心を惹いていたように思われます。芭蕉の〈吹とばす石はあさまの野分哉〉の句、その意味でも面白い作品です。浅間山の「野分」は、吹き分ける草木がないので、石を吹き飛ばすのだというのです。

「秋」◈ 冷まじ〔すさまじ〕

「すさまじ」が秋の季節の言葉であるというのは「冷」の字でなんとなく理解できます。ただし「凄まじ」と表記すると、途端に多様な意味を呼び込んできますので、注意を要する季節の言葉の一つです。

芭蕉は弟子其角の母の追善の会で〈卯の花も母なき宿ぞ冷まじき〉と詠んでいます。この句の「冷まじ」には「冷」の字が当てられてはいますが、興ざめだ、といったような意味に解するのがよいでしょう。季節は「卯の花」とありますので夏ということになります。秋の季節の言葉としては、秋冷といった感覚であろうかと思います。

江戸時代後期の歳時記である『季寄註解　改正月令博物筌』（文化五年刊）が陰暦「七月」の季節の言葉として「冷まじ」を掲出し、「涼しというよりは重く、寒しというよりはかろし」と説明していますが、上手い説明だと思います。

正岡子規にも〈すさまじや此山奥の石仏〉をはじめ、何句かの「冷まじ」を用いた作品がありますが、「凄まじ」との混同によって意味が曖昧になってしまうということでしょう、明治、大正、そして昭和初期の歳時記からは敬遠されてしまって採録されていません。

「秋」 身に入む〔みにしむ〕

平安時代の歌集『拾遺和歌集』の中に藤原敦忠の〈身にしみて思心の年経ればつゐに色にも出でぬべき哉〉という歌があります。恋歌です。

この場合の「身にしみて」は、深く心に思いこむ、骨身にしみとおる、といった意味でしょう。相手にちょっと古風な印象を与えるかもしれませんが、このような意味での「身に入む」は、今日でも用いられますよね。

ところが季節の言葉としての「身に入む」には、秋の冷気を痛切に感じるとの意味があるのです。よく知られている歌が『千載和歌集』中の藤原俊成の〈夕されば野辺の秋風身にしみてうづらなくなり深草のさと〉でしょう。「夕されば」は、夕方になると、の意味です。俊成は、はっきりと「秋風身にしみて」と詠んでいるのです。秋風の冷たさが身に応えているのです。

歳時記も秋の季節の言葉として採録しています。江戸時代後期の歳時記『季寄註解改正月令博物筌』（文化五年刊）は「秋風は、人の身うちにしみこむやうにおぼゆるもの也」との解説を加えています。すこぶる感覚的な季節の言葉というわけです。

「秋」◈ 爽やか〔さわやか〕

「爽やか」が秋の季節の言葉であるということでびっくりされているのではないでしょうか。そして疑問がむくむくと頭を持ち上げてきたことと思います。「爽やかな笑顔」といった場合、この「笑顔」は秋の笑顔ということになるのかしらと。「爽やか」が使いにくくなってきましたね。

「爽やか」本来の意味は、さっぱりとしていて気持ちのいいこと、ということだと思います。基本的には、このような意味で用いていいのです。しかし詩歌の世界では「爽涼（そうりょう）」（さわやかで涼しいこと）、「爽秋（そうしゅう）」といった言葉とのかかわりの中で秋の季節の言葉となっていったのだと思います。

江戸時代の歳時記では「爽気（そうき）」という言葉は見えますが「爽やか」という言葉は見当たりません。唯一、蕪村時代の天明三年（一七八三）に刊行されている歳時記『華（か）実年浪草（じつとしなみぐさ）』の「爽気」の項に「サハヤカハ即チ清ク快キノ義ナリ」と記されているのが注目されます。明治時代には「爽気」とともに掲出されるようになります。大正十四年（一九二五）刊、『新校俳諧歳事記』（修省堂）では「爽か（さわや）」を主項目として立項しています。

「秋」◈ 十六夜〔いざよい〕

「十六夜」といえば、すぐに鎌倉時代中期の阿仏尼による『十六夜日記』が思い浮ぶのではないでしょうか。遺産相続の訴訟にかかわっての都から鎌倉までの日記的紀行文です。冒頭近くに「身をえうなきものになし果てて、ゆくりなく（思いがけなく）、いざよふ月にさそはれいでなんとぞ思ひなりぬる」と記されています。

『十六夜日記』は、十月十六日の出発です。陰暦の十月は、初冬です。本来は、このように何月と定めずに、陰暦十六日の夜のことをいいました。ですから「いざよう月」（出そうでなかなか出ない月）が十月であっても問題ないのです。

ところが季節の言葉としての「十六夜の月」は八月十六日の月と決まっているのです。そして、その言葉の省略形である「十六夜」も秋の季節の言葉ということになります。芭蕉の時代の歳時記である『はなひ大全綱目』（延宝三年刊）には「八月」の季節の言葉として「いざよひ　十六夜の月」と見えます。「十六夜」で「十六夜の月」を指すことは周知されていたのです。ちなみに「立待月」は十七夜の月、「居待月」は十八夜の月、「臥待月」は十九夜の月のことです。

「秋」◈ 豆名月〔まめめいげつ〕

陰暦九月十三夜の月のことです。「豆」は節物（その季節の物）ということで、十三夜の月の呼称とされたものでしょう。陰暦八月十五夜の月を「芋名月」と呼ぶのと同様です（「芋」は、里芋です）。

「豆」は、江戸時代初期、寛永十八年（一六四一）刊『俳諧初学抄』に「大豆名月」とありますように、大豆のことです。それで、枝豆のことを「月見豆」というのです（現在、枝豆は、もっぱら夏のビールのおつまみとして親しまれていますが、季節の言葉としては、秋のものとなります）。

江戸時代、貞享二年（一六八五）刊『日次紀事』の九月十三日の項には「今夜の月、倭俗に豆名月と謂ふ。良賤共に莢豆を煮て、之を食ふ」と見えます。「倭俗」（日本の習俗）とありますように、「豆名月」を愛でるのは、日本独自のもののようです。この十三夜は、また「栗名月」ともいわれます。これまた「節物」ということでありましょう。

十五夜の「名月」（明月）は、中国でも称美されます。上流階級においても、庶民においても「莢豆」（大豆）を食したとあります。

「秋」◈ 月代〔つきしろ〕

この漢字を「つきしろ」と読むのは、誤読ではないかしら、たしか「さかやき」と読むのでは、と思った方がおられるのではないでしょうか。その通りです。「さかやき」と読んで、男が額髪を頭の中央にかけて剃り落とすことを意味します。でも、季節の言葉としては「つきしろ」でいいのです。はやく、江戸時代前期、正保四年（一六四七）刊の歳時記『山の井』（芭蕉の師北村季吟の著作です）の「秋部」に季節の言葉としての「月代」が見えます。

月が出る直前、月の光で東の空が白々と見えることです。月の代わりの明るさとの意味で「月代」と表記するのでありましょう。「月白」とも表記しますが、こちらの方は、文字通り白々とした空の様子を示しているものと思われます。言葉そのものは古く、平安時代にその用例が見えます。

芭蕉の句に〈月しろや膝に手を置宵の宿〉の句があります。門人の家に招かれての挨拶の一句ですが、「月しろ（月代）」の神秘的な現象に感動しつつも、ややかしこまって膝に手を置いて正座している芭蕉が髣髴とします。

「秋」◈ 有明月〔ありあけづき〕

まず、「有明月」はいつの月を指すか、ということです。安土桃山時代の辞書『匠材集（しょうざいしゅう）』（慶長二年刊）を繙くと「ありあけ」の項に「十五日より後（あと）の月を云也（いうなり）」と記されています。一方、芭蕉の俳句の師である国学者北村季吟が著（あら）わした『八代集抄（はちだいしゅうしょう）』には「有明は十六日以後」との説が示されています。

夜が明けても、天空に月が残っている状態が「有明」であり、その月が「有明月」ということなのですが、それが陰暦七・八・九月の十五日以降の月を指すのか、あるいは十六日以降の月を指すのかということです。江戸時代初期の歳時記『温故日録（おんこにちろく）』（延宝四年刊）では「十五日より後の月を有明という」という説を紹介していますので、一日の違いですが、どちらかに定めることはむずかしいようです。

今日の辞書は、十六日以降としていますが、断定することは躊躇（ためら）われます。『古今和歌集』の中の壬生忠岑（みぶのただみね）の歌〈有明けのつれなく見えし別れより暁（あかつき）ばかり憂きものはなし〉によって、現象としての「有明月」は理解し得（え）ましょう。月残る暁というシチュエーションでの、つれない女との別れです。

「秋」◈ 星月夜〔ほしづきよ〕

この季節の言葉、意外にわかりにくいですね。月は出ているのでしょうか、いないのでしょうか、あるいはどちらでもいいのでしょうか。正解は、月の出ていないことが条件なのです。星の光だけが、月の光のように耿々と輝いている、そんな夜のことです。

芭蕉の弟子の許六が著わした『宇陀法師』という本の中に「星月夜、秋にして月には非ず」と記されています。この言葉、本来は、必ずしも秋に限定されるものではないのですが、許六がいっているように詩歌の言葉としては、秋の季節の言葉ということになります。

歳時記においては、陰暦の八月に限定するものと、秋三月、すなわち、七月、八月、九月の季節の言葉とするものとに分かれていますが、どちらにしても秋の季節の言葉ということではあります（例外的に九月と限定するものもあります）。

ちなみに、ただ「星」だけを詠んでも季節の言葉とはなりません。そのような言葉を和歌や連歌、そして俳諧、俳句では「雑」の言葉といいます。無季ということです。

「秋」◈ 釣瓶落し〔つるべおとし〕

この言葉からは、すぐに「秋の日は釣瓶落し」の成語が思い出されますので、秋の季節の言葉であることが理解されます。秋の一日は短く、あっという間に日が暮れることをいうのだということもわかります。しかし、「釣瓶落し」ってなんでしょう。就中(なかんずく)、「釣瓶」とは。どこかで聞いたことがあると思っていたら、そうでした。あの、江戸時代の天才女流俳句作者千代女の句〈朝顔に釣瓶とられてもらひ水〉の「釣瓶」でした。

「釣瓶」とは、縄を付けて井戸の水を汲む桶(おけ)のことです。それを井戸に投げ入れるように急いよく秋の夕日が沈んでいくので「釣瓶落し」というわけです。ちょっと判(はん)じ物(もの)のような季節の言葉ですが、それだけ「秋の日は釣瓶落し」という成語が普及しているということでしょう。

季節の言葉として歳時記に掲出されるようになったのは、ごくごく最近のことです。昭和四十六年（一九七一）に発表されている水原秋桜子の〈釣瓶落しといへど光芒(こうぼう)しづかなり〉〈釣瓶落しひとたび波にふれにけり〉など、その先駆かもしれません。

「冬」 垂氷〔たるひ〕

昭和二十年代ですので、今から五十年以上も前の話になります。そのころは、横浜の一般家庭では、火鉢で暖をとっていました。今では想像も付かないでしょうが、六畳、八畳の部屋に、通常は火鉢が一つという生活でした。電気炬燵（ごたつ）という便利なものが、一般家庭に登場したのは、昭和三十年代に入ってからのことだったと思います。

とにかく寒い冬でした。軒に三十センチ前後の大小様々な氷柱（つらら）が垂れ下がることも珍しくありませんでした。朝日に輝く氷柱の美しさ、そして、それが溶けて、水滴が輝きながらぽたぽたと落ちる美しさは、実見したものでなければ味わうことができないでしょう。

その氷柱を「垂氷」と呼ぶのだということを知ることになるのは、高等学校に入っての古文の教科書だったのではないでしょうか。『源氏物語』（末摘花）の中に〈朝日さす軒のたるひはとけながらなどかつららのむすぼほるらむ〉の歌がありますように、本来は「垂氷」がいわゆる今日の「柱氷（つらら）」であり、「つらら」は、池などに張りつめた氷そのものを意味していたようですが、古くから厳密には区別せずに用いていたようです。

「冬」◈ 三寒四温〔さんかんしおん〕

この季節の言葉は、少し誤解されているのではないでしょうか。早春の季節の言葉だと思っている人が少なくないと思います。辞書的な意味では「冬期、寒い日が三日つづくとその後四日ほど温暖な日がつづき、これが繰り返される気候現象」(『日本国語辞典』)ということでありますので、冬期を通しての季節の言葉ということになるのです。ですから、立春後に「三寒四温」という言葉を使うのは、おかしいということになります。

ただし、諸橋轍次著『大漢和辞典』では「一 気候不順で、暖気に向って居ながら、幾度か寒いことがあって又暖くなること。二 冬季・晩秋・初春の候、三日程寒い日が続けば、其の後四日程温い日が続くこと」とあり、冬の季節の言葉であるなどとは一言も記されていません。どうもはっきりしない言葉なのであります。

昭和八年(一九三三)刊の『俳諧歳時記』(改造社)など、「三寒四温」という言葉を収録したはやい例だと思います。そこでは「満洲・朝鮮(今の中国北部、朝鮮半島)の気温」の現象だとしています。日常しきりに使われる言葉ですが、いま一つ鮮明にすることができません。もやもやが残ります。

「冬」◈ 年の瀬〔としのせ〕

ある年齢以上の多くの人々が、赤穂義士の大高源五（俳号・子葉）と芭蕉の門人其角との俳諧（俳句）の贈答を思い出されるのではないかと思います。吉良上野介邸への討入りを翌日に控えての元禄十五年（一七〇二）十二月十三日、煤竹売りに身をやつした大高源五が両国橋で旧知の其角と出会う場面です。びっくりした其角が〈年の瀬や水のながれも人の身も〉と詠み掛けたのに対して、源五は〈あしたまたるる其たから船〉と応じたというエピソードです。最も知られている「年の瀬」の使用例でありましょう。

最近ではあまり使われなくなった言葉ですが、江戸時代の俳句には散見されます。芭蕉と同時代の鬼貫にも〈としの瀬や都の世話も角田川〉の作品があります。「年の瀬」は「年の暮」のことですが、「年の暮」のことを「流るる年」「年の流るる」ともいいますので、これらの言葉から派生したのではないでしょうか。「瀬」とは、水の流れの急なところをいいます。年末のあわただしさを急流、すなわち「瀬」に譬えての季節の言葉が「年の瀬」でありましょう。

「冬」◈ 日脚伸びる〔ひあしのびる〕

「日脚」という言葉、面白いですね。言葉それ自体は、平安時代よりあったようです。太陽の光であり、日照時間であります。「雨脚」「雲脚」という言葉もありますね。「脚」という言葉によって、それぞれを擬人化し、より強く視覚化しようとしたのではないでしょうか。

もともとは中国の言葉であり、それぞれ「日脚」「雨脚」「雲脚」といいます。「日脚」に限って見るならば、唐代の杜甫の「羌村」の中に「日脚下平地」（日脚は平地に下る）との例が見えます。それを和語（日本語）化したものが「日脚」です。それにさらに「伸びる」が加わったのは、視覚化が影響していると思われます。

冬至以降、日照時間が目に見えて長くなってきます。その感覚が「日脚伸びる」でありましょう。ただし、この季節の言葉が詩歌の言葉として認知されるようになったのは、意外に新しく、大正時代のようであります。昭和九年（一九三四）刊、高浜虚子編『新歳時記』は季節の言葉「日脚伸びる」を採録してはいますが、例句は一題も示していません。まだまだ佳句が誕生するまでには至っていなかったということでありましょう。

「冬」◈師走〔しわす〕

「師走」という季節の言葉、字面だけでも慌しい感じがしますね。陰暦十二月の異称ですが、他の月の異称で、こんなにぴたりとした感じのものは見当たらないのではないでしょうか。「卯月」（陰暦四月）、「水無月」（陰暦六月）、「霜月」（陰暦十一月）などもイメージしやすい異称ですが、「師走」には及ばないでしょう。

なぜ「師走」などという呼称が誕生したのでしょうか。「師」とは、具体的には何の「師」なのでしょうか。平安時代の歌に関する書物、藤原清輔の『奥義抄』に、すでに「僧をむかへて仏名をおこなひ、あるひは経よませ、東西にはせ、はしるゆゑに師はせ月といふをあやまれり」と記されています。「仏名会」は陰暦十二月十九日から一日、あるいは三日間の行事です。

この「仏名（会）」や「読経」のために僧は、十二月になると東奔西走するということで、「師馳せ月」が誤って「師走」となったというのです。「師」は、もともとは「僧」（導師）のことだったのです。江戸時代初期、寛文七年（一六六七）刊の歳時記『増山井』もこの説を踏襲しています。今日、一番ぴたりとする「師」は、何の「師」でしょう。

「新年」❖ 去年今年〔こぞことし〕

多少とも俳句に興味のある人々が、「去年今年」という季節の言葉を聞いてすぐに思い浮かべるのは、高浜虚子の〈去年今年貫く棒の如きもの〉の句ではないかと思います。この句の意味、特に「貫く棒の如きもの」の比喩の部分、いま一つはっきりしないのですが、そこがまた関心を呼ぶのかもしれません。発表されたのは、昭和二十六年（一九五一）です。

ところが「去年今年」という言葉、ずっと昔からあるのです。一般的な意味では、文字通り去年と今年、ここ一、二年ということで用いられます。『源氏物語』にも見えます。詩語としての「去年今年」は、今年に重点を置いての去年を振り返りつつの感慨ですので、新年（元日）の季節の言葉ということになります。江戸時代初期の歳時記にも、すでに季節の言葉として収録されています。

芭蕉の弟子土芳の『三冊子』には、芭蕉の言葉として「去年今年、春季なり」が紹介されています。ただし、虚子の句もそうですが、どうしても観念的になってしまうからなのでしょう、実際の俳句作品での使用例は、江戸時代以降、そんなに多くはありません。

「新年」◈ 花の春〔はなのはる〕

季節の言葉である「花」と「春」の二つを使った華やかで美しい季節の言葉ですね。しかし、ここのところ、めったに耳にしなくなってしまいました。今日という問題山積の時代にあって、あまりにも明る過ぎ、口にするのが躊躇われるのかもしれません。

「花の春」は、新年の季節の言葉なのです。陰暦の正月は、春の初めでもありましたので、矛盾しなかったのです。「花の春」の「花」は、賞美の言葉です。「花嫁」の「花」と同様です。「春」の字を様々な言葉の下に置くことによって、それらはたちまちにして新年の言葉へと変身を遂げるのですから面白いですね。「民の春」「老の春」「おらが春」「孫が春」等々、皆、新年の季節の言葉なのです。無数といってよいほどにあるのです。その中で最も華やかな言葉が「花の春」ということになりましょう。

芭蕉の句に〈二日にもぬかりはせじな花の春〉という作品があります。大晦日に呑み過ぎて、元日の昼ごろまで寝てしまい、元日の儀式をしそびれての反省です。正月三ヶ日は、「花の春」ということなのです。

第三章…動植物にまつわる美しい四季の言葉

獺祭〔だっさい〕

「獺祭」の「獺」とは、「獺」のことです。川岸に棲み、潜水を得意とする鼬によく似た哺乳類です。夜、魚や貝などを捕食しますが、捕まえた魚類を河岸にずらっと並べる習性があります。これを「獺祭」あるいは「獺祭魚」「獺魚を祭る」等といいます。

春になり、氷が解けて魚が捕らえやすくなる時節ということで、陰暦一月の季節の言葉になっています。最近は、棲息がほとんど確認されなくなってきましたが、かつては、日本全土に棲息していたようです。芭蕉に元禄三年（一六九〇）に作った〈獺の祭見て来よ瀬田のおく〉という句がありますが、当時、琵琶湖から流出する瀬田川にも「獺」がいたのでありましょう。

正岡子規の別号を「獺祭書屋主人」といいます。執筆の時、部屋中に本を並べて書いた、その様子が「獺祭」に似ているということで、そのように名乗ったのです。その子規には「獺祭」の句が二句残っています。〈獺の祭を画く意匠かな〉〈茶器どもを獺の祭の並べ方〉です。後句、「並べ方」の比喩として「獺祭」が用いられています。

「春」◈ 春告鳥〔はるつげどり〕

異名というものがあります。例えば時鳥（ほととぎす）のことを「田長鳥（たおさどり）」ともいう、といった類（たぐい）です。そのように呼ばれるについては、しかるべき理由があります。

「春告鳥」は「鶯（うぐいす）」のことです。これは、『古今和歌集（こきんわかしゅう）』中の大江千里（おおえのちさと）の歌〈鶯の谷より出づる声なくは春来ることを誰か知らまし〉、あるいは『拾遺和歌集（しゅういわかしゅう）』中の藤原（ふじわら）朝忠（あさただ）の歌〈鶯の声なかりせば雪消えぬ山里いかで春を知らまし〉などにより誕生した異名でありましょう。両歌とも、人々は鶯の鳴声で春の来たことを知るというのです。

つまり鶯は、春を告げる鳥なのです。

「春告鳥」の異名は、はやく連歌の歳時記（さいじき）にもすでに採録されていますが、全部で「ハルツゲドリ」と六音ということで詠（よ）みにくかったのでしょうか、実際の作品例はほとんどないようであります。芭蕉が登場する前の江戸時代初期の俳句作品に、筑前（福岡）の亦楽（えきらく）という作者の〈春を告る鶯の音や二番鳥〉がありますが、貴重な作品例といえるでしょう。一番鳥の鶏（にわとり）は、季節に関係なく暁に鳴くのですが、「春告鳥」である「鶯」は、「二番鳥」として鳴いて春を知らせるというのです。

「春」◈ 花烏賊（はないか）

「桜烏賊」ともいいます。こちらの呼称は、はやく、寛永十八年（一六四一）刊の『俳諧初学抄』という本の中の「四季の詞」の項の中に「桜鯛」「桜蛸」と一緒に見えますが、説明は付されていません。

「花烏賊」のほうは、江戸時代の歳時記類には見えません。明治時代以降の歳時記類には頻出します。例えば、明治四十一年（一九〇八）刊、今井柏浦編『俳諧例句　新撰歳事記』（博文館）では、春の季節の言葉として「烏賊」の項の下に「桜烏賊」「花烏賊」が掲出されていて「花の咲く頃に捕るゝ故に花烏賊又は桜烏賊といふ」と説明されています。そして例句として高浜虚子門の原石鼎の句〈花烏賊の腹ぬくためや女の子〉が挙げられています。

明治四十四年（一九一一）刊、中谷無涯編『新脩歳時記』（籾山書店）では、「花烏賊」そのものが季節の言葉として掲出されています。

「花烏賊」は、これで解決するのですが、問題が残るのは「烏賊」の季節です。江戸時代の『俳諧小筌』（寛政六年）以降、「烏賊」も「花烏賊」同様、春の季節の言葉として扱われていましたが、最近の歳時記では、なぜか夏の季節の言葉になっています。

「春」◇ 百千鳥〔ももちどり〕

横浜市歌というものがあります。横浜市の歌です。昭和二十年代の横浜市内の小学校では、折に触れて歌われていましたので、そのころ横浜で小学生として過した人々は、歌詞を暗記していることと思います。作詞者は、なんと、あの『舞姫』の作者森鷗外なのです。

その歌詞の一節に「今はもも舟もも千舟」があります。「もも」は「百（もも）」であり、「もも千」は「百千（ももち）」です。「百」も「百千」も数の多いことを示す言葉です。鷗外の歌詞は、横浜港に出入りする沢山（たくさん）の舟のことです。それゆえ「百千鳥」というのも、沢山の鳥ということになります。

しかし、沢山の鳥が、どうして春の季節の言葉になるのでしょうか。『古今和歌集』中の読人しらず（作者不詳）の歌〈百千鳥さへずる春は物ごとにあらたまれども我ぞふりゆく〉によると思われます。種々様々な鳥が鳴く春は、生命力に溢れているが、自分だけが年老いていく、というのです。

「百千鳥」は「鶯」の異名という説もありますが、江戸時代の歳時記以降は、春に来る多くの鳥ということで一致しています。

囀〔さえずり〕

はやく『古今和歌集』中の読人しらず（作者不詳）の歌に〈百千鳥さへづる春は物ごとにあらたまれども我ぞふりゆく〉がありますので、「囀」が春の季節の言葉になつたと思われます。なぜならば、単に「囀」だけならば、季節に関係なく鳥がしきりに鳴くこと、との意味ですので。もっとも、生物学的にいいましても、春は鳥の繁殖期ですので、雄が雌に対してしきりに呼びかけるわけですから、そこからでも「囀」が春の季節の言葉であることは納得できます。

江戸時代の歳時記にももちろん掲出されていますが、明治時代に入り、最初の太陽暦の歳時記である明治七年（一八七四）刊の『俳諧貝合（はいかいかいあわせ）』も「二月三月四月ニ渡ル物」として「鳥囀ル」を掲出しています。また、初期の太陽暦の歳時記としては最もポピュラーな、明治十三年（一八八〇）刊の『新題季寄　俳諧手洋灯（はいかいてらんぷ）』もまた、「兼三」（すなわち二月、三月、四月）の季節の言葉として「鳥囀（とりさえずる）」を掲（かか）げています。明治四十四年（一九一一）刊『新脩歳時記』（籾山書店）は、名詞形の「囀」と「鳥囀る」の両方で項目を立てています。

「春」◈ 引鶴〔ひきづる〕

最近の歳時記では、「鶴」を冬の季節の言葉として扱っていますが、本来、「鶴」は季節の言葉ではありませんでした。江戸時代の歳時記類に、「鶴」は採録されていません。雑（ぞう）、すなわち無季の扱いなのです。「鶴の子」としても雑の扱いです。季節に最も遠いところにいた「鳥」といってもよいでしょう。

その「鶴」が季節性を獲得するのは、江戸時代の歳時記、享保二年（一七一七）刊『通俗志（つうぞくし）』以降です。『通俗志』では、陰暦二月（仲春）の季節の言葉として「引鶴」を「帰雁（きがん）」と並べて掲出しています。

ただし、従来、無季であった「鶴」が、いきなり季節の言葉としてクローズアップされたのですから、「引鶴」の解釈もいろいろで、天子が猟（と）った「鶴」を百官に下賜（かし）したので「引鶴」だとか、春、美しい声で引くように鳴くので「引鶴」だとか、議論、喧（かまびす）しいことでした。が、結局、冬から春にかけて集まっていた「鶴」が一斉に帰るので「引鶴」である、との説に落ち着いたようです。

陰暦二月に帰り遅れた「鶴」を「引残る鶴（ひきのこつる）」といいます。陰暦三月の季節の言葉です。

「春」◈亀鳴く〔かめなく〕

「亀」が鳴くんだって、聞いたことがないな、と思われるのではないでしょうか。季節の言葉には、時々、おやっと思うようなのがあります。結論からいえば、「亀」は鳴きません。では、なぜ「亀鳴く」などという季節の言葉が誕生したのでしょうか。

根拠は一つしかありません。鎌倉時代の名歌集(アンソロジー)である『夫木和歌抄(ふぼくわかしょう)』の中にある京極為兼(きょうごくためかね)の〈河ごしのみちのながぢの夕やみになにぞときけば亀のなくなる〉の歌です。河を徒歩で渡っていると、ずっと続く道の夕闇の中から声が聞こえてきたので、何だ、と尋ねたところが、亀が鳴いているということだった、との歌意でありましょう。鎌倉時代の歌人為兼は、確かに「亀鳴く」と詠んでいるのです。

芭蕉の弟子の乙州(おとくに)の句に〈亀の甲煮(こうに)らるる時は鳴(なき)もせず〉というのがあり、この句も「亀鳴く」ということが前提になっています。が、雑(無季)の扱いになっています。

享和三年(一八〇三)刊、曲亭馬琴(きょくていばきん)の『俳諧歳時記』が「田螺鳴(たにしなく)」「亀鳴(かめなく)」を陰暦二月(春)の季節の言葉として掲出し、「亀も田にしも月のあかき夜には鳴ものなり」と記しています。

「春」◈ つらつら椿〔つらつらつばき〕

「つらつら椿」といえば、すぐに頭に浮んでくる歌に『万葉集』中の坂門人足の〈巨勢山の　つらつら椿　つらつらに　見つつ偲はな　巨勢の春野を〉と春日蔵首老の〈河上の　つらつら椿　つらつらに　見れども飽かず　巨勢の春野は〉があるでしょう。「巨勢」は、今の奈良県の地名です。また「巨勢山」は、今、巨勢山口神社のある標高二百九十六メートルの山といわれています。

そして肝腎の「つらつら椿」ですが、茂った葉の間にいくつも咲いている椿の花のことども、数株列なって咲いている椿の花のこととも、また、葉のつややかな椿のことともいわれています。二つの歌は、この春の季節の言葉によって「つらつらに見る」（ようく見る）の「つらつら」（副詞）を導き出しているのです。

「つらつら椿」という季節の言葉は、江戸時代初期の歳時記に採録されて以来、今日に至っています。

音調のいい言葉なのですが、俳句の作品例はほとんどありません。「つらつら椿」だけで七音費してしまうことになりますので、挑戦しづらいのでしょう。

「春」◈ 竹の秋〔たけのあき〕

春の季節の言葉なのに「竹の秋」とは、これいかに。冬の季節の言葉なのに「小春日」というがごとし、といった無理問答もどきにでもなりそうな「竹の秋」です。「竹の秋」とは、春になると竹が地中の筍を育てるために葉が枯れたように黄ばんだ状態になることをいいます。普通の木の秋のような状態です。それゆえ「竹秋」とは、陰暦二月、ないしは三月の異称ということになっています。対して秋になると竹の葉が色艶よく、元気になってきます。これを「竹の春」といいます。

江戸時代の歳時記にも「竹の秋」は採録されていますが、実際の作品例は多くはありません。蕪村と同時代の俳人大江丸の〈いざ竹の秋風聞む相国寺〉（句集『俳懺悔』所収）など貴重な作品例だと思います。明治時代になりますと明治三十六年（一九〇三）刊の子規派の歳時記『袖珍俳句季寄せ』（俳書堂）をはじめ、積極的に「竹の秋」を採録しています。子規も明治二十六年（一八九三）に〈世の春に我家は竹の秋深し〉という面白い作品を発表しています。ちょっと理屈っぽい句だからでしょうか、子規はこの句を抹消してしまっています。

「夏」◈めまとい

皆さんもきっとこの虫の被害にあわれ、不快な思いを経験されたことがあると思いますよ。その虫が「めまとい」だと知ったならば、なるほど、と納得され、ほんの少しだけ溜飲（りゅういん）を下げることになるのではないでしょうか。なぜならば、不快体験を人に伝えたくても、その虫の名前がわからなかったのですから。

夏の夕方、目の前を飛び交い、払っても払ってもしつこくつきまとうあの小さな小さな虫、あれが「めまとい」だったのです。詩語としては平仮名で表記することが多いようですが（旧仮名遣いでは「めまとひ」）、漢字で書けば「目纏い」です。文字通り、そのものずばりの名前だったのです。

この「めまとい」、別名を「蠛蠓（まくなぎ）」といいます。こちらのほうは『日本書紀』にもすでに見える言葉です。糠蚊（ぬかか）の古名です。「まくなぎ」には、まばたき、との意味がありますので、「蠛蠓」の呼称が生まれたようです。ですから「めまとい」も「まくなぎ」も目にかかわっての同じような意味の言葉ということなのです。「めまわり」（「めまはり」）の異名もあります。これも同様でしょう。

「夏」◈ 余花〔よか〕

日常生活においては、まず登場しない言葉ではないでしょうか。芭蕉とほぼ同時代の歌人有賀長伯の元禄十年（一六九七）刊『浜のまさご』の「夏」の部「余花」の項には「春にをくれて咲花。青葉の底に咲残る。尋入谷の木陰にさき残る」と見えます。「花」はもちろん桜ですから、これでやっとイメージがはっきりとしてきました。初夏になって、遅れて咲く桜です。それゆえ、まわりの木々はすでに青葉になっています。そんな木々の木陰に咲き残っているのです。

平安時代の『金葉和歌集』の「夏」の部に「二条関白（藤原師通）の家にて人々に余花のこころをよませけるによめる」と前書のある藤原盛房の歌〈夏山の青葉まじりの遅桜はつはなよりもめづらしきかな〉が見えますが、これによって長伯が説明したところがより明らかになります。青葉にまじって咲いている遅桜は、一番に咲いた初花の桜よりも素晴しいというのです。「余花」は、平安時代よりの詩語というわけです。季節の言葉の中には、このように古い伝統を担っている言葉もあるのです。

「夏」 ◈ 病葉〔わくらば〕

「わくらば」が「病葉」と表記されているのですから、意味するところが病気におかされた葉であろうことはすぐに推測できます。しかし、なぜ病気におかされた葉、赤や黄や白に変色した葉を「わくらば」というのでしょうか。

平安時代の歌語に「わくらば」があります。まれにとか、たまさかにとかの意味です。夏の木の葉が紅葉したり、病気になったりすることはまれですので、季節はずれの「病葉」を「わくらば」というようになったとの説があります。夏木立の中の紅葉（もみじ）など本当にたまさかのものですので、説得力があります（『歌林良材集』など）。

安土桃山時代の辞書『匠材集（しょうざいしゅう）』（慶長二年成立）も「わくら葉」を「夏山に紅葉のごとくあかき葉をいふ。病葉と書也（かくなり）。又葉をむしのき（帰）して朽（くち）たるをもいふ也」と説明しています。何らかの原因で紅葉した葉、虫が付いてしまい朽ち枯れた葉が「病葉」だというのです。

「夏山」と明記されている点も注目されます。以後、江戸時代から今日に至る歳時記は、この説が踏襲されていきます。陰暦四月（初夏）の季節の言葉とされています。

「夏」◈万緑〔ばんりょく〕

新しい季節の言葉として有名です。その発端となったのは、高浜虚子の門人中村草田男の句〈万緑の中や吾子の歯生え初むる〉です。昭和十四年（一九三九）出版の句集『火の島』の中に入っています。「万緑」は、見渡す限りの草木の緑を表現している力強い言葉です。中国宋代の詩人王安石の作とされている詩句「万緑叢中紅一点」を典拠として作られた作品です。

夏の季節の言葉として定着するについては、鎌倉時代成立の秀歌集『夫木和歌抄』中の「首夏」（陰暦四月の異称）の項に平安時代の歌人寂蓮法師の〈野べみればかすみの衣ひきかへてみどりは草のたもとなりけり〉がありますので、この歌中の「みどり」（緑）が大きな影響を与えているのではないでしょうか。野辺の景色は、初夏、「霞」から「緑」へと転換するというのです。「緑」が強調された表現が「万緑」ですので、「万緑」が夏の季節の言葉として定着することに対して、違和感はなかったと思われます。

ただ「緑」が初夏であるのに対して、「万緑」は、夏を通しての季節の言葉とされています。

「夏」 麦の秋〔むぎのあき〕

昭和二十年代後半くらいまでは、横浜市内でも、郊外に行きますと、まだあちらこちらで「麦畑」を見ることができました。ですから、都会でありながらも、早春、麦の根張りをよくするために「麦踏み」といって麦の芽を足で踏んでいる農家の人々の労働の光景を見掛けた記憶のある方も、少なくないと思います。

しかし、記憶はあてにならないもので、それでは麦の収穫期は、となると、皆さん正確にお答えいただけますでしょうか。今や郊外といえども、どんどん開拓され、「麦畑」などまず残っていませんので、難問ですね。

そこで麦の収穫期を示す言葉である「麦の秋」を歳時記で調べてみますと、これが必ずしも一定していないのです。陰暦の四月説、五月説、あるいは四月、五月、六月の夏期全体にわたるとする説など様々です。が、中で「四月」説が有力で、今日の歳時記もこの初夏（四月）説を踏襲しているようです。実際にも陽暦五月上旬くらいが収穫期でしょう。

そして、そのころに吹く風を「麦の秋風」といって、これも夏の季節の言葉なのです。ちょっとややこしいですね。

「夏」◈草いきれ〔くさいきれ〕

誰もが持っている幼い日の夏休みの思い出。糸蜻蛉を追いかけながら田圃の畦道を歩いていると、いつの間にか草の匂いのする熱い空気に包まれていた、そんな思い出。今、思い出しても、なんとも健康的な匂いであり、そして郷愁を呼び覚ませてくれる匂いです。

それが「草いきれ」という季節の言葉であることを知ることになるのは、ずっとずっと後のこと。大人の苦しさだとか、淋しさだとか、悲しさだとかをいやというほど知ってしまったころだと思います。

それからというもの、時々ふと頭の中に浮んでくる「草いきれ」という言葉の響きのなんと無垢なこと。少々エキセントリックな作品ですが、蕪村に〈草いきれ人死に居ると札の立〉があります。一茶には〈寝筵や窓から這入る草いきれ〉があります。

どうも詩（俳諧）の言葉として、まず誕生したようです。が、季節の言葉として歳時記に採録されるのは、ずっと後、江戸時代の末、嘉永元年（一八四八）刊『季寄新題集』が最初のようです。陰暦六月（夏）の言葉として掲出されています。

「秋」◈ 色鳥〔いろどり〕

言葉そのものがぽんと投げ出された時、なぜこの言葉が季節の言葉なの、ととまどってしまうものがあります。この「色鳥」なども、その一つです。どう眺めてみても秋の季節と結び付かない言葉なのです。無理にこじつけてみれば「色」が、美しい紅葉をイメージさせる、ということかもしれませんが。

はやく「色鳥」に解説を加えているのは、江戸時代初期の歳時記兼辞書である『無言抄』（慶長八年ごろ刊）です。簡明に「色々の鳥の事なり」と記しています。これで「色鳥」の「色」が明らかになったのです。「色々の鳥」のことだったのです。

それでは、それがなぜ秋の季節の言葉になるのでしょう。江戸時代の俳諧の創始者松永貞徳の著わした『俳諧御傘』（慶長四年刊）という本の中に「秋也。色々わたる小鳥をいふ」と見えることで氷解します。秋に日本に渡ってくる渡り鳥のことをいう言葉だったのです。

江戸時代後期の歳時記『季寄註解　改正月令博物筌』（文化五年刊）には「色々のうつくしき小鳥の渡るを云也」と見えます。やはり「色」の美しさをも含んで理解されていたのです。

虫時雨〔むししぐれ〕

まず「時雨（しぐれ）」からです。『後撰和歌集』中の読人しらず（作者不詳）の歌〈神無月（かみなづき）ふりみふらずみさだめなき時雨ぞ冬のはじめなりける〉が「時雨」の特徴を見事に表現しています。陰暦十月（神無月）になって降ったり止（や）んだりを繰り返す雨、それが時雨であり、冬のはじまりだというのです。すなわち、「時雨」は、冬の到来を告げる雨なのです。

それに対して「虫時雨」は、秋の季節の言葉です。それは、実体が「時雨」ではなく「虫」だからです。「虫」といっても、季節の言葉としての虫は、虫なら何でもよいというのではありません。「松虫」「鈴虫」など美しい声で鳴く秋の様々な虫をさしているのです。その虫が闇の中で一斉に鳴き出すのです。

しかし、人の気配か何かでぴたりと鳴き止むことがあります。鳴いたり、途切れたり。それが「時雨」の降る音と通うところから「虫時雨」という言葉が誕生したものと思われます。

虫の鳴声を形容した季節の言葉だったのです。昭和初期の歳時記に採録されていますが、比較的新しい季節の言葉のようです。

「秋」◈ 渋鮎〔さびあゆ〕

大変興味深い資料を御紹介しましょう。芭蕉の時代の辞書に『類船集（るいせんしゅう）』（延宝四年刊）という辞書があります。その辞書を繙く（ひもとく）と「渋（さびる）」という項目があり、「渋」に関係のある項目がずらりと挙がっています。「刀」「剃刀（かみそり）」「庖丁」と並んで「鮎」も入っています。そして説明の部分には「詩歌（しいか）にさびたる体有（ていあり）とかや」とも記されているのです。与謝野鉄幹（よさのてっかん）の「人を恋ふる歌」の中に見える「芭蕉のさびをよろこばず」の「さび」と「渋鮎」の「渋（さび）」が関係あるというのです。

「渋鮎」は、「落鮎（おちあゆ）」ともいい、秋の産卵期に体の色が錆（さび）たように黒ずんで川を下る鮎です。「刀」などが錆るのと同様です。ですから「錆鮎」とも表記されます。

その負（ふ）の存在の中の美が、芭蕉の求めた「詩歌のさび」と、どこかで通じ合うと見られていたのだと思います。事実、芭蕉の弟子の嵐雪（らんせつ）は〈水音も鮎さびけりな山里は〉と詠み、杉風（さんぷう）は〈哀且市（あはれかつ）たつ鮎の暮のさび〉と詠んでいます。二句とも「渋鮎」を詠みながら、「詩歌のさび」、すなわち閑寂（かんじゃく）趣味をも意識していることは明らかです。

「秋」◈秋の七草〈あきのななくさ〉

季節の言葉を通して曖昧な知識を確実なものとしておくことは、受験勉強などとちがって楽しいことです。「秋の七草」の前に、「春の七草」から解決しておきましょう。「春の七草」は、正月七日に無病息災を願って菜粥として食するものなので、正しくは新年の季節の言葉ということになります。一般的には「芹・薺・御形・蘩蔞・仏座・菘・蘿蔔」をいいます。

そこで「秋の七草」のほうです。その始まりは、『万葉集』において山上憶良が七種の秋の野の花を詠んだところにあります。その歌とは〈萩の花　尾花葛花　なでしこが花　をみなへし　また藤袴朝顔が花〉です。

この七種の中で少々厄介なのが「撫子」です。江戸時代の歳時記である『滑稽雑談』の中に、連歌・俳諧では夏の季であるが、『万葉集』以来秋ということになっているので、注意するように、と書かれているのです。確かに中世以来連歌、俳諧の歳時記類においては、軒並、「撫子」を夏の季節の言葉として扱っています。しかし、今日の歳時記類は、いずれも秋としています。「秋の七草」に引かれての便宜上の処理だと思われます。

「秋」◈稲(ひつじ)

知っている人は当たり前のように知っているでしょうが、知らない人は聞いたこともない季節の言葉――そんな言葉の筆頭がこの「穭」でしょう。なにしろ『古今和歌集』中にすでに読人しらず(作者不詳)の〈刈(か)れる田におふるひつぢの穂にいでぬは世をいまさらにあきはてぬとか〉の歌があるのですから、昨日今日の言葉ではないのです。

「ひつぢ」は、旧仮名遣いの表記です。「穭」は、収穫後の稲の刈り株から再び生えてくる新芽のことです。右の歌は、その新芽から穂が出ないのは、この世を飽きてしまったからだろうか、という擬人化による不思議な歌です。

おわかりになったと思います。稲刈りの終わった田の刈り株から芽が出ている光景、よく見かけますよね。あれが「穭」だったのです。歳時記では、陰暦九月(晩秋)の季節の言葉ということになっています。

「穭穂(ひつじほ)」という言葉もあります。この言葉も古くからあります。そして「穭」「穭穂」が一面に見える田、それが「穭田(ひつじだ)」ということになります。この言葉も古くからある言葉です。蕪村の〈ひつぢ田の案山子(かがし)しもあちらこちらむき〉の句が「穭田」を活写しています。

「秋」◈ 草の絮〔くさのわた〕

「絮」には、もともとは繭(まゆ)から作ったわたと綿花から作ったわたの二つの意味があります。繭から作った新しいわたが綿(わた)であり、古いわたが絮です。また繭から作ったわた（真綿(まわた)）の細かいわたが綿であり、粗いわたが絮であるともいわれています（『大漢和辞典』等参照）。ここから派生して、草木の種子についているわた毛をも「絮」といいますので、「草の絮」の「絮」は、その意味で使われたものでしょう。

「草の絮」は、詩歌独自の言葉で、しかも新しい季節の言葉のようです。おそらく、先行する「柳絮(りゅうじょ)」などをヒントにして誕生した言葉だと思われます。「柳絮」は「柳(やなぎ)の絮(わた)」ともいわれ、早春、風にのってわたのように飛ぶ柳の種子です。対して、秋に穂を出す「蘆(あし)」「薄(すすき)」「狗尾草(えのころぐさ)」「荻(おぎ)」などが「草の絮」の「草」ということになりましょう。

現代の俳句界の重鎮に金子兜太(かねことうた)がいますが、その兜太の師が加藤楸邨(かとうしゅうそん)です。楸邨に〈醜草(しこぐさ)の絮ほうほうと波に落つ〉があります。信濃川の上流で詠まれたものだそうです。「醜草」は、歌語で、文字通りではみにくい草ということですが、要は雑草のことです。信濃川に舞い込む「草の絮」です。

「秋」◈ 紅葉かつ散る〔もみじかつちる〕

「紅葉散る」は、冬の季節の言葉です。でも「紅葉かつ散る」は、秋の季節の言葉なのです。「かつ」に秘密があるようですね。

「かつ」は、一方では、の意味の副詞とみるのがよいでしょう。「紅葉」しつつ、一方では「散る」のです。『新古今和歌集』中「秋歌(あきのうた)」の部の次の歌に注目して下さい。

下紅葉かつ散る山の夕時雨濡れてやひとり鹿の鳴くらん　藤原家隆

下葉が紅葉しつつ、一方では夕方の時雨に打たれて散るのです。そして、そんな中で牡鹿(おじか)が牝鹿(めじか)を求めて鳴いているのです。季節の言葉「紅葉かつ散る」の源流です。季節の言葉として、江戸時代初期の歳時記より、今日に至るまで、ずっと掲出されています。

楓(かえで)に限らず、あらゆる木々の紅葉に対していわれます。陰暦九月の季節の言葉ですので、暮秋(ぼしゅう)ということになります。

「紅葉散る」とは違いますので、一斉にはらはらと散るのではなく、少しずつ散る様子にかなっています。単に「かつ散る」だけでも季節の言葉として採録されています。

「秋」◈ 草紅葉〔くさもみじ〕

気になりつつも、ある程度はイメージできるので、ついついそのままになってしまっている季節の言葉があると思います。「草紅葉」もそんな季節の言葉ではないでしょうか。

普通、「紅葉」といえば、秋に木の葉が赤や黄色に色づくことをいいます。それが「草紅葉」なのですから、草の葉が赤や黄色に色づくことだろうな、とは思います。でも、本当にそれでいいのかしら、といった気持ちですよね。都会の実生活で草の「紅葉」する様（さま）などあまり見かけませんので。でも、そのような理解でいいのです。

江戸時代の歳時記には「草紅葉」が採録されていますし、実際の作品例も少なくないようです。例えば、芭蕉の弟子の其角（きかく）は〈酒さびて螽（いなご）やく野の草もみぢ〉という句を詠んでいます。「草もみぢ」している中で一人、螽を焼いて酒の肴（さかな）にし、しみじみと酒を飲む、というのでありましょう。其角も「草紅葉」に注目していたことがわかります。

「野の草」ですので、雑草ということになります。木々の「紅葉」のような華やかさはないでしょうが、「さび」た趣（おもむき）があるのではないでしょうか。

「冬」◈ 狐火〔きつねび〕

狐が口から火を吐くという俗説によって命名されている怪火（燐火）が「狐火」ですが、これが冬の季節の言葉として定まるのは、明治時代の後半のようです。それまでは、地域を限定しての「王子の狐火」が十二月晦日の怪奇現象として注目されていました。王子は、今の東京都北区の地名です。

享和三年（一八〇三）刊の曲亭馬琴編『俳諧歳時記』に、王子村稲荷の榎の下に沢山の狐が集まって火を点す、との説明が見えます。農民は、その「狐火」によって次の年が豊作か凶作かを占ったようです。

この「王子の狐火」を離れて、例えば蕪村の〈狐火や髑髏に雨のたまる夜に〉に窺えるように「狐火」そのものが、しばしば単独で詠まれていました。が、この句に対して正岡子規などは、季節の言葉はない、と断定しています（『蕪村句集講義』）。

明治四十一年（一九〇八）刊の今井柏浦編『俳諧例句　新撰歳事記』（博文館）は、「狐火」を季節の言葉として掲出し「王子の狐火を冬とせるより、唯狐火といふをも冬とせるものか」と説明しています。

「冬」 ふくら雀〔ふくらすずめ〕

赤穂義士四十七名の中の一人大高源五（おおたかげんご）は、子葉（しよう）と号する俳人（はいじん）（俳句作者）でもあります。そして、吉良邸（きら）への討入り前に『二つの竹（ふたつのたけ）』という俳書（はいしょ）（俳句の本）まで出版しています。

その『二つの竹』に芭蕉と交流のあった言水（ごんすい）が序文を寄せているのですが、冒頭に「ふくらすずめは竹にもまるる」との文言が記されているのです。書名の「竹」から発想されての「雀」であることは理解できますが、「ふくら雀」って何でしょうね。「雀」は、いつでもいますので、季節の言葉ではありません。それが「ふくら雀」となると冬の季節の言葉になるのです。

「ふくら」は「ふくよか」と同じ意味の形容動詞で、ふっくらしている、ということです。ですから、「ふくら雀」は、冬の寒気を防ぐために、全身の羽毛をふくらませて、ふっくらとして見える雀のことをいうのです。

芭蕉と同時代の鬼貫（おにつら）（先（さき）の大高源五子葉は、伊丹（いたみ）に暮らしていた鬼貫のところにも訪ねていっていいます）の句に〈葉は散てふくら雀が木の枝に〉があります。もっともっと注目されていい季節の言葉でありましょう。

「冬」◈ 凍蝶〔いてちょう〕

「凍(いて)」は、凍結した瀧(たき)である「凍瀧(いてだき)」の印象があまりにも強いので凍結状態を表現しているように思われがちですが、必ずしもそうではなく、そのような雰囲気の中にあるものをもすべて含めての表現です。ですから、「凍蝶」も、寒さでじっと動かずにいる蝶のことで、まるで凍(い)てているかのように見える蝶のことをいうのです。すでに江戸時代初期の歳時記に掲載されています。

「凍蝶」のほかには、「凍蜂(いてばち)」「凍蠅(いてばえ)」「凍虻(いてあぶ)」などの言葉もあります。それぞれ「冬の蝶」「冬の蜂」「冬の蠅」「冬の虻」といった言葉もあるのですが、同じ厳冬の環境の中にあって、多少とも動きがあるのが「冬の蝶」であり「冬の蜂」以下のものでしょう。対して、まったく動きの止っている状態のものが「凍蝶」であり、「凍蜂」以下のものでしょう。

明治、大正時代を通して、「凍蝶」を季節の言葉として掲出している歳時記は多くありません。明治四十三年（一九一〇）刊伊達秋航(だてしゅうこう)編『明治俳諧五萬句』（集文館書店）が「凍蝶」を掲出し、高浜虚子門の岡本松浜(おかもとしょうひん)句〈凍蝶に散るや御園(みその)の返り花〉を示しています。

「冬」◈ かじけ猫〔かじけねこ〕

「猫」そのものは、当然のことながら季節の言葉ではありません。「猫」が季節の言葉になるのは、「猫の子」(春)、「猫の恋」(春)といった場合です。いずれも交尾、出産にかかわる言葉です。「猫の親」「猫の妻」等が春の季節の言葉となるのも、そのような意味においてです。

それら一連の言葉に対して、「かじけ猫」は、冬の季節の言葉です。「かじけ」は動詞「かじく」「かじける」から派生した語で、寒さのためにちぢこまった、の意味があります。ですから「かじけ猫」は、寒さのためにちぢこまっている猫、ということになります。この「かじけ猫」とかかわりの深い季節の言葉に「竈猫(かまどねこ)」があります。まだ温もりのある竈の上でごろりと横になっている猫のことです。

文部省唱歌『雪』の中に「雪やこんこ霰(あられ)やこんこ。降っても降ってもまだ降りやまぬ。犬は喜び庭駈(か)けまはり、猫は火燵(こたつ)で丸くなる」との歌詞があります。発表されたのは、明治四十四年(一九一一)のこと。おそらくこの唱歌などがヒントとなって「かじけ猫」や「竈猫」が誕生したのではないかと思います。「炬燵猫(こたつねこ)」という季節の言葉もあります。

「冬」❖ 水鳥〔みずとり〕

「水鳥」とは、文字通り水辺に生息する鳥総体のことです。多くは、秋に日本に渡ってきて冬を越し、春に北方へ帰っていく鳥です。具体的に挙げれば、「秋沙」「鴨」「白鳥」「都鳥（ゆりかもめ）」「鳰」などです。渡り鳥以外の「鴛鴦」もまた「水鳥」に含まれます。

平安時代の類題別の歌集『古今和歌六帖』に歌題としての「水鳥」がすでに見えますが、冬の季節の言葉であるという意識はあまり強くないようです。『拾遺和歌集』中の「冬」の部によみ人知らず（作者不詳）の〈水鳥の下安からぬ思ひにはあたりの水もこほらざりけり〉の歌が見えますが、この歌も「思ひ」の「ひ」には「火」が掛けられていますので、「水鳥」を詠みつつも、恋の情が隠見しています。

歳時記においては、冬の季節の言葉と定めています。芭蕉と同時代の鬼貫には〈水鳥のおもたく見えて浮にけり〉の句があります。「水鳥」に対する素直な思いを吐露したものでありましょう。芭蕉には「水鳥」の句は一句もありません。蕪村は沢山の「水鳥」の句を作っています。両者の資質の違いによる結果でしょうか。蕪村の〈水鳥や舟に菜を洗ふ女有〉など遠近法の効いた作品です。

「冬」◈ 雪折〔ゆきおれ〕

「雪折」というと、すぐに思い出されるのが「柳の枝に雪おれはなし」という諺ですね。柔軟なものは、それゆえに堅強なものに耐えることができるとの譬えです。

一時代前は、日常生活の会話の中に諺が頻繁に出てきましたので、子供たちは、意外と物識りだったように思います。今日の生活からは、諺が一掃されてしまいました。なぜなのでしょうか。昔の子供たちは、知らず知らずのうちに「雪折」という季節の言葉を頭の中に入れていたのです。

「雪折」は、松や竹などの葉に雪が降り積もり、その雪の重さで枝が折れることです。『新古今和歌集』の中で藤原俊成が〈杣山や梢に重る雪折れにたへぬなげきの身をくだくらん〉と詠んでいます。自らを「嘆きの木」（妙な木ですね）に見立て、「雪折れ」に耐えきれなくなって、「嘆きの木」は砕かれてしまった、というのです。この歌あたりに「雪折」という言葉の源流を見てよいように思います。

蕪村にも〈雪折も聞えてくらき夜なる哉〉の「雪折」句がありますが、不思議なことに江戸時代の歳時記には、季節の言葉としての「雪折」は掲出されていません。

「冬」❖ 帰花〔かえりばな〕

最近の異常気象ということも手伝ってか、「帰花」を見る機会が増えたように思います。あまりに堂々と美しく咲いていると、その勢いに気圧（けお）されて、眼前の花の本来の季節を確認したくなってきます。もっとも、最近は草木の品種改良も盛んですので、うっかり混同して、「帰花」と思い込んでしまっているなどという笑うに笑えない例などもあるのではないかと思われます。

「帰花」を説明しているのは江戸後期の歳時記『季寄註解　改正月令博物筌』（文化五年刊）です。「梅・桜・山吹などのるい、此月（このつき）（陰暦十月）一、二、三、さく事あり。また、多きときもあり。尋常の花とは、かじけて賞するに足らず」とあります。冬のさ中に春の花である梅や桜や山吹が一輪、二輪、三輪と咲くのが「帰花」だというわけです。沢山咲く場合があっても、しかるべき時節に咲いた場合と比べると、貧弱で見劣りがすると書かれています。

蕪村には〈屋根ふきのふしぎな顔や帰花（かへりばな）〉〈ひとつ枝に飛花落葉やかへり花〉の句があります。「帰花」が作品の中でしっかりと存在を示しています。

「冬」◈ 枯木〔かれき〕

「枯木」には二つの意味があります。一つは文字通り枯死してしまった木という意味での「枯木」です。そして、もう一つは葉の落ちた木という意味での「枯木」であります。

諺でいうところの「枯れ木に花咲く」「枯れ木も山の賑はい」などの「枯木」は、枯死してしまった木、と見たほうが意味が通るように思います。

季節の言葉としての「枯木」は、いうまでもなく、冬期、葉の落ちてしまった木、という意味でのそれになります。落葉樹についていわれます。具体的に木の名を付して「枯柳」「枯藤」「枯銀杏」のように表現することもあります。

『風雅和歌集』の中に平安時代の一条院の歌〈深雪降る枯木のすゑの寒けきにつばさを垂れて烏鳴く也〉がありますが、この歌の中の「枯木」は、雪降る中の「枯木」ですので、葉の落ちてしまった木と見てよいと思います。

この歌、芭蕉の〈枯枝に烏のとまりたるや秋の暮〉に似ていますね。芭蕉は、一条院の歌を知っていたのでしょうか。芭蕉の句は、秋です。この時代、「枯枝」は、まだ冬の季節の言葉としては認知されていませんでした。

第四章…天候にまつわる美しい四季の言葉

「春」◈ 斑雪（はだれ）

春先、用事があって雪降る中を外出し、帰路、畑などにその雪がまだらに積もっている光景を目にした経験を持っている方は少なくないと思います。畑の土が見え隠れしている様は、見るからに春の雪という感じです。これが「斑雪」です。

室町時代成立の歌の本『正徹物語』に「はだれは、草木の葉のちとかたぶく程ふりたる雪也。或ひはまだらなる雪也。いづれにてもあれ、うすき雪の事なり」と見えます。「はだれ」という言葉から、二つのイメージを示しているのです。

『古今和歌集』中の紀貫之の長歌の一節に「時雨時雨て　冬の夜の　庭もはだれに降る雪の　猶消えかへり」がありますが、この場合の「斑雪」は「まだらなる雪」でしょう。「はだれに　降る」ですので、形容動詞としての「はだれ」です。「冬の夜」の雪ということで、当初は、必ずしも春の季節の言葉ということではなかったのです。安土桃山時代末期成立の辞書兼歳時記『無言抄』も冬の季節の言葉としています。江戸時代初期の歳時記『毛吹草』も同様。

「斑雪」を春の季節の言葉と定めたのは、昭和に入ってからの歳時記です。

「春」◈ 別れ霜〔わかれじも〕

茶所の農家の人々にとって一番恐いのは「別れ霜」です。茶に限らず、あらゆる野菜にとって「別れ霜」は大敵でしょうが、茶の場合には防ぐ手立てがなかなかないのです。ですから、晩春には、霜害に戦々恐々とすることになります。

「晩霜」あるいは「終霜」というよりもはるかに浪漫溢れる季節の言葉である「別れ霜」ですが、実体は、大変な厄介者といった感が強いのです。今日、巷間では、八十八夜に摘んだ新茶が珍重されますが、その八十八夜前後を狙って「別れ霜」が降りるのです。江戸時代中期の歳時記『華実年浪草』(天明三年刊)に「凡そ立春より八十八夜の夜、必ず霜有り。諸木の花房、嫩芽、之に逢ふときは、則多く枯る。故に、此の前後、葭簾を以て之を蓋ふ。霜気をして之を侵さしめず。宇治の茶園、特に之を畏る。八十八夜過るときは、則霜を防ぐの葭簾を撤す。八十八夜の後、更に霜無し。故に之れを忘れ霜、或は別れ霜と謂ふ」と記されていることによっても、そのことが窺えます。

新茶の摘時である八十八夜は、また「別れ霜」の降りる時でもあるのですから、茶園の人々は大変です。

「春」◈風光る〔かぜひかる〕

陰暦ですと春は一月、二月、三月と決まっています。四月一日からは必ず夏になるのです。ところが太陽暦ですと立春（二月四日ごろ）から立夏（五月六日ごろ）の前日までが春ということで、ちょっとややこしくなってきます。が、まあ、大雑把に二月、三月、四月が春、というのが、今日の理解ではないでしょうか（あくまでも暦の上ですが）。

そこで「風光る」です。江戸時代の歳時記に、すでに採録されています。春の晴れた日に吹くやわらかい風のことをいいます。春光を浴びてキラキラと輝いているように感じられるのです。そんな気がしたこと、ありませんか。

それでは、春は春でもこの「風光る」という感じに一番ぴたりとするのは、太陽暦だと何月だと思いますか。江戸時代の歳時記を調べてみると、圧倒的に陰暦一月とする説が多いのです。とすると、太陽暦では二月ですね。早春です。まだひやっとしています。そんな中にいちはやく春を感じとろうとする人々の姿勢が「風光る」という季節の言葉を誕生させたのですね。

「春」◈東風〔こち〕

誰もがまず思い浮べるのが、『拾遺和歌集』中の菅原道真の歌〈東風吹かばにほひおこせよ梅の花あるじなしとて春を忘るな〉でしょう。道真が讒言により太宰権帥として左遷された時に、自邸の梅花を見て詠んだものです。この歌によって「東風」が、梅の花が咲くころに東から吹く春風であることが理解できます。

もともとは単に東から吹く風との意味だったのですが、道真の歌が喧伝されたために、「東風」といえば春風、ということになったのです。季節の言葉の誕生です。歳時記で陰暦の一月の風とするものが多いのは、道真の歌によってのことでしょう。「梅」も陰暦一月の季節の花だからです。陰暦一月、二月、三月を通して吹く風とする歳時記も少なくなく、今日の歳時記は、それに倣って春に吹く風としているようです。

春に東風が吹くのに対して、中国（漢）では、夏は南風、秋は西風、冬は北風が吹くとされていて、日本の詩人たちも、そのように理解していたようです（『俳諧無言抄』『三冊子』）。ただし季節の言葉として認定されているのは「東風」だけです。

「春」◈春一番〔はるいちばん〕

大正三年（一九一四）に発表されている文部省唱歌に『朧月夜』があります。その中に「春風そよふく　空を見れば、夕月かかりて　におい淡し」との歌詞があります。昭和時代初期の国文学者高野辰之の作詞です。ある年齢より上の人々にとっては、春風は、「そよふく」（そよそよと吹く）ものであったのです。

ところが、最近の若者にとっての春風とは、まず第一番目に「春一番」なのです。テレビやラジオの天気予報も春先になると「春一番」の話題で持切りです。「春一番」が吹くと本格的な春の到来、との思いがすっかり行き亘ったようです。一昔前までは、東大寺の「御水取り」が終わると、暖かくなるといわれたものでしたが。

「春一番」とは、早春、日本海を発達した低気圧が通過する時に吹く、その年初めての南からの強風ということのようです。もともとは、壱岐（長崎県）の漁業関係者たちの言葉だったとのことです（『図説俳句大歳時記』参照）。季節の言葉として注目されはじめたのは、昭和四十年代に入ってから。ごくごく新しい季節の言葉です。

「春」◈ 花曇〔はなぐもり〕

江戸時代初期の辞書『俳諧無言抄』（延宝二年刊）に「連俳に花と云は桜の事」との記述が見えます。連歌(れんが)や俳諧という文芸にあっては「花」といっただけで、それは「桜」のことだというのです。この考えは、はやく平安時代に定まったようです。奈良時代には「花」は、「梅」の花のことでした。

「花曇」は、桜の咲くころの薄曇の天気をいいます。江戸時代の辞書『俚諺集覧(りげんしゅうらん)』が室町時代の歌人冷泉為尹(れいぜいためまさ)の〈何となく雨にはならぬ花曇り咲(さく)べきころやきさらぎの空〉の歌を示しています。謡曲の詞章（文章）にも用いられていますので、室町時代に誕生した季節の言葉のようです。江戸時代後期になると季節の言葉として定着してくるようで、多くの歳時記が採録し、陰暦三月の言葉として掲出しています。

芭蕉(ばしょう)は、この「花曇」という言葉を応用して使っています。〈どんみりとあふちや雨の花曇〉の句です。「あふち」は樗(おうち)で、初夏、穂状の淡紫色の花を咲かせる栴檀(せんだん)のことです。煙るようなその美しさを「雨の花曇」という不思議な表現で把握しているのです。天才芭蕉は、季節の言葉も、自由自在に使いこなしてしまったのですね。

「春」◈春雨〔はるさめ〕

正岡子規は、季節の言葉の魅力を「連想」にあるといっています（『俳諧大要』）。「蝶」といっただけで菜の花畑や麦畑、そしてそこを散策する男女の姿までも浮かんでくるというのです。季節の言葉は、人々に共通のイメージを齎す力を持っているということでしょう。

ですから「春雨」は、単に春という季節に降る雨ということではないのです。安土桃山時代の里村紹巴によって著された『連歌至宝抄』という本の中に「春も大風吹、大雨降共、雨も風も物静なるやうに仕候」と書かれています。これが「春雨」なのです。

もちろん、春に降る雨がいつでも同じように降るわけではありません。でも、春というやわらかな季節の中で降る雨は、しとしとともの静かに降る雨がいかにもふさわしいのです。ですから、人々は「春雨」と聞いただけで「物静」かな雨を「連想」するわけなのです。これが季節の言葉の持っている力です。その雨によって花は咲き、草葉は生い、木々は芽ぐむのです。少しぐらい濡れて歩いてもいいかな、という気持ちになってきますね。

「春」◈ 菜種梅雨〔なたねづゆ〕

雨の嫌いな人間にとって長雨ほど気分の滅入るものはありません。春になり気分が晴々としていたのも束の間、梅雨にはまだちょっと時間がありそうだと思っていたのに、毎日、毎日、雨ばかり。そんな春の長雨が「菜種梅雨」です。昭和十七年（一九四二）刊、宮田戊子著『詳解歳時記』（大文館書店）には、「四月菜の花の咲く頃降る雨をいふ」と明記されています。

ところが、歳時記を遡っていきますと、どうも様子がおかしいのです。明治四十一年（一九〇八）刊、今井柏浦編『俳諧例句 新撰歳事記』（博文館）には「菜の花の咲く頃の東南の風をいふ」とあるのです。間違いではないかと、明治四十三年（一九一〇）刊、中谷無涯著『新脩歳時記』（籾山書店）を繙いてみますと、やはり「四月頃、菜種の咲く頃吹く東南の風をいふ」と出ているのです。びっくりです。なんと「菜種梅雨」は、菜種のころの風をいう季節の言葉だったのです。

そういえば宮田戊子が例示している高木蒼梧の句〈草くふて乳青き牛や菜種梅雨〉にも、雨は感じられません。「梅雨」の言葉に引きずられて意味が転換したのでしょう。

「夏」◈ 逃水〔にげみず〕

炎天下、舗装された田舎道をドライブしたことのある人ならば、必ず経験したことがあると思います。田舎道といっても片道二車線のゆったりした真っ直ぐな道路です。都会と違うのは、行き交う車がほとんどいないことです。突然、フロントガラスの先の方の空気がゆらゆらしているのを見付けると同時に、そこに大きな水溜りが見えるのです。太陽の照り付ける炎天下の出来事ですので、一瞬目を疑うことになります。あの辺りには通り雨でも降ったのかしら、と思いながら運転を続け、その場所へ行くと、その大きな水溜りが嘘のように消えてしまい、また遥か前方に再び水溜りが見えるのです。

これが「逃水」という光の屈折現象であることを知っている皆さんは、季節の言葉通といってよいでしょう。

昔からある言葉で鎌倉時代の名歌集（アンソロジー）『夫木和歌抄（ふぼくわかしょう）』の中には平安時代の歌人源俊頼（みなもとのとしより）の〈あづまぢにありといふなるにげ水の遁隠（にげかく）れてもよをすごすかな〉の歌が見えます。春にも見える現象ですので、春の季節の言葉とする歳時記もあります。

「夏」◈卯の花腐し〔うのはなくたし〕

さて、何のことでしょう。「卯の花」は、生垣などに植えられている「空木」（卯木）に咲く初夏の白い花のことです。「腐し」は、腐らせる、との意味の動詞「腐す」の連用形が名詞化されたものです。この二つが結合した季節の言葉が「卯の花腐し」です。なかなか難解ですね。

ここでヒントに『万葉集』の歌を一首紹介してみましょう。〈卯の花を　腐す霖雨の始水に　寄るこつみなす　寄らむ児もがも〉です。「始水」は、出水の先端との意味、「こつみ」は、木の屑の意味です。一首は、卯の花を腐らせる長雨によって水量の増した河が木片を運んでくるように、私のところにどんどん娘が寄ってこないものか、というのです。面白い歌ですが、今、必要なのは「卯の花を　腐す霖雨」の部分です。

「卯の花腐し」とは、四、五月ごろに降る長雨のことなのです。「卯の花」を腐らせる雨ということです。多くの歳時記が陰暦四月（初夏）の季節の言葉としていますが、「五月雨」と同意であるとの説もあります。ゆるやかに「卯の花」の咲いているころの長雨と理解しておいてよいでしょう。

「夏」◈ 黒南風〔くろはえ〕

　聞いたことがありながらも、実体のはっきりしない季節の言葉だと思います。「黒南風」と対になっている言葉に「白南風」があります。江戸時代の辞書『物類称呼』（安永四年刊）は、「黒南風」「白南風」を「伊勢国鳥羽・或は伊豆国の船詞（船乗りの使う言葉）」であるとした上で、「五月、梅雨に入て吹南風をくろはへといふ。梅雨半に吹風をあらはへと云。梅雨晴る頃より吹南風をしらはへと云」と説明しています。少し後の辞書『俚諺集覧』もこの説明を踏襲しています。

　享保二年（一七一七）刊の歳時記『通俗誌』には掲出されていますので、江戸時代に、すでに一般的な季節の言葉として認定されていたことがわかります。

　天明三年（一七八三）刊の歳時記『華実年浪草』は、独自の解釈をしています。「梅雨中の空合をいふ也。譬ばかきくらして今も降やうなる空のうちに又あがる気しきのあるを黒はへといひ、又小雨降ながら折々はれんとするけしきあるを白ばへといふにや」とあり、風そのものというより天候の具合（「空合」）と見ています。このような理解の仕方もされていたのでしょう。

「夏」◈ 五月雨〔さみだれ〕

日本では、明治五年（一八七二）十二月より太陽暦（グレゴリウス暦）を採用しています。それまでは太陰暦（正しくは十九年に七度の閏月を設ける太陰太陽暦）でした。太陽暦になって最初の歳時記が明治七年（一八七四）八月刊の『俳諧貝合』です。この歳時記、興味深いことに越前福井の酒井文栄堂という版元から出版されています。そこでは、「五月雨」（皐月雨）が「六月」の項に掲出されているのです。五月に降る雨が六月の季節の言葉として分類されているのですから、奇妙なことです。ただし「五月雨」とは、今いうところの「梅雨」のことですので、そのように処理せざるを得なかったのです。苦肉の策です。『俳諧貝合』の編者能勢香夢も「五月雨」という美しい日本の季節の言葉を残しておきたかったのでありましょう。

「五月雨」といえば、なんといっても、芭蕉の〈さみだれをあつめて早し最上川〉です。梅雨の最上川が目の前に浮んできます。でも、この句、最初は〈さみだれをあつめてすずしもがみ川〉だったのです。『おくのほそ道』の旅で世話になった船宿の主への御礼の一句です。

「夏」❖

五月晴〔さつきばれ〕

誤解されている季節の言葉です。今の太陽暦で五月は、晴天の続く気持ちのよい月ですね。雲一つない五月は、アウトドアスポーツを楽しむにも、旅行に出かけるにも、またとない月です。そして、五月の晴天に合わせるかのようにゴールデンウィークが用意されています。そんな五月の「五月晴」ですので、大いに納得してしまいます。が、ちょっと待って下さい。季節の言葉の大部分は、陰暦とのかかわりの中から生まれたものです。陰暦の五月といえば、すぐに思い浮かぶ季節の言葉は何でしょうか。そう「五月雨」ですね。陰暦の五月は、梅雨のシーズンだったのです。ですからおわかりいただけますね、「五月晴」は「梅雨晴」のことなのです。

鬱陶(うっとう)しく降り続く長雨。そんな時に思いもよらない晴天に恵まれることの嬉しさは、皆さん体験されたことがあると思います。江戸時代の歳時記にもすでに採録されている言葉です。

「五月晴」にかかわって「五月空(さつきぞら)」がありますが、これも、ですから「梅雨空」、梅雨時の曇りがちな空をいう季節の言葉なのです。

「夏」◈ 梅雨寒〔つゆさむ〕

梅雨は、太陽暦の六月下旬から七月下旬にかけての長雨です。暦の上では、夏真っ盛り、といったところです。梅雨明けが早ければいいのですが、遅れた場合など、梅雨明けするとすぐに立秋、などということになりかねません。そんな夏さ中の梅雨ですが、時に暖房でもほしいような肌寒い日があります。それが「梅雨寒」です。「寒さ」は、冬の季節の言葉ですが、「梅雨」時の「寒さ」ということで、夏の季節の言葉になるのです。

明治四十一年（一九〇八）刊の『俳諧例句　新撰歳事記』が「梅雨寒」を掲出し、「入梅の頃寒きことあり。之を梅雨寒といふ。俗に田植布子に麦蒔裸といふ。即ち田植の頃は寒くして布を着け、麦蒔の頃暖くして裸になることあり」と説明しています。「田植布子」、すなわち「梅雨」時には寒くて綿入れを着ることが実際にもあるので広まった俚諺（民間の諺）でしょう。

明治四十四年（一九一一）刊『最近新二萬句』（博文館）には多くの「梅雨寒」句が掲載されていますが、中に、右の俚諺をそのまま句にした、玄波という作者の〈諺に田植布子の梅雨寒し〉の句があります。

「夏」◈虎が雨〔とらがあめ〕

イメージがわいてきますか。「虎」とは何なのでしょう。実は軍記物語として知られている鎌倉時代末期から室町時代中期にかけて完成した『曽我物語』の登場人物なのです。

『曽我物語』は、曽我十郎祐成、五郎時致兄弟が父の敵、頼朝の重臣工藤祐経を討ち果す物語です。そして、兄である祐成の愛人が「大磯の虎」なのです。『曽我物語』には「年ごろおもひそめて、ひそかに三年ぞかよひける」と書かれています。敵討の後、兄弟ともに命を落すことになるのですが、祐成の命日が建久四年（一一九三）五月二十八日なのです（時致は五月二十九日）。この日は、「大磯の虎」の悲しみの涙が雨になって降るといわれています。それが「虎が雨」です。陰暦の五月二十八日ですが、この日は、毎年、雨が多く降るということです。

季節の言葉としては、「虎が雨」のほかに「虎が泪の雨」「虎が泪雨」などとして歳時記に採録されています。江戸時代中期の辞書『滑稽雑談』（寛延三年跋）は、「虎が雨」を付会の説として斥けながらも、五月（陰暦）は一般に雨が多く、月末は、三年の中で二年は雨であると記しています。

「夏」◈ 五月闇〔さつきやみ〕

気になるフレーズがあるものです。明治二十九年（一八九六）の発表、佐佐木信綱作詞『夏は来ぬ』の五番に「さつきやみ、螢とびかひ、水鶏なき、卯の花さきて、早苗うゑわたす　夏は来ぬ」という歌詞があります。この「さつきやみ」がそうです。なにげなく唄っている唱歌ですが、「さつきやみ」とは。江戸時代の辞書『産衣』（元禄十一年刊）に「夜分に非ず」と見えるのが大いに気になります。

「五月闇」は歌語で、平安時代から多用されています。例えば『拾遺和歌集』中には藤原実方の歌〈五月闇倉橋山の郭公おぼつかなくも鳴きわたる哉〉があります。歌語としては、五月雨のころの夜の暗さ、とされています。

明治四十二年（一九〇九）刊『新脩歳時記』には「梅雨の頃、霖雨（長雨）歇まず、晴るる間なきをいふ」とあり、「夜分に非ず」説を継承しています。

「五月闇」は、五月雨のころの昼の薄暗さか、夜の暗さか、両説が錯綜しています。歌人で国文学者の信綱の「さつきやみ、螢とびかひ」は、夜説でしょうか。正岡子規には〈夜も昼もうつらうつらと五月闇〉の句があります。さて。

「夏」◇風薫る〔かぜかおる〕

江戸時代の文人たちの愛読書『古文真宝』（前集）の中の蘇東坡（蘇子瞻）の詩の一節に先人（柳公権）の詩句を引用しての「薫風南より来り、殿閣微涼を生ず」が見えます。中国では「南より来」る風、すなわち「南風」は、夏の風なのです。その風が薫って宮殿、楼閣にはかすかな涼しさが生まれるというのです。ここに季節の言葉「風薫る」の源流があるのです。

この詩を踏まえて、安土桃山時代の里村紹巴の『連歌至宝抄』は「風薫ると申は南の風吹て涼しきを申候」と説いています。

これでいいのですが「薫る」ということを具体的に明らかにしていて納得させてくれるのが昭和十七年（一九四二）に発表されている唱歌『若葉』です。松永みやおの作詞です。その一節に「かをるかをる　若葉がかをる」とあります。まさにこれだと思います。「風薫る」の「薫る」は、南風が齎す若葉の薫りなのです。

各歳時記は、陰暦六月の季節の言葉としています。鬱陶しい梅雨が終わった後に吹く風の雰囲気が、中国の「薫風」より見事に脱化、日本語化されています。

「夏」◈ 青嵐〔あおあらし〕

気持ちのいい響きを持った季節の言葉です。漢語の「青嵐（せいらん）」が和語化したものです。漢語にも、もともと夏の風、青葉を吹く風との意味があります。

室町時代の辞書に『梵灯庵袖下集（ぼんとうあんそでのしたしゅう）』という本がありますが、そこにはすでに「青嵐」という季節の言葉が採録されていて、「六月に吹嵐（ふく）を申也（もうすなり）」との説明があります。陰暦の六月ですから、晩夏です。江戸時代の歳時記も六月説が踏襲されていくことになります。

江戸時代中期の歳時記『華実年浪草』（天明三年刊）も六月の季節の言葉として「青嵐」を掲出し「夏木立の梢（こずえ）の緑を吹（ふき）あらすをいふにや。一説、六月土用中の空に一点の雲なく、青々たる天気に東風のくはりたるを青東風（あおこち）といふ。無類の天気也。是（これ）を青嵐といふ、と」との説明を加えています。青葉を吹く強い風とは別に、青東風の吹く晴天が「青嵐」であるとの説が紹介されています。

いずれにしても「嵐」のイメージは薄く、青葉を揺らす気持ちのよい強風がイメージされます。一服の清涼剤のような季節の言葉です。今日に至るまで、多くの詩人たちに愛され続けている言葉といってよいでしょう。

「夏」◈ 油照〔あぶらでり〕

皆さんもそうでしょうが、一度聞いただけで忘れられなくなってしまう詩とか、短歌とか、俳句とかがあると思います。その作品の持っている内容的な迫力（衝撃力）と調（リズム）の美しさが関係しているのではないでしょうか。

〈血を喀いて目玉の乾く油照り〉、どうですか。すごい作品だと思われませんか。ジリジリと焼けるように照らし付ける真夏の太陽。その下での喀血。眼球までもがカラカラに乾いてしまうように感じたのでしょう。石原八束という俳句作者の昭和二十六年（一九五一）の作品です。

この句の中の「油照り」が季節の言葉です。歳時記では「夏、うす曇りで風がなく、むしむしと暑い日をいう」（『図説俳句大歳時記』）と説明していますが、どうでしょうか。八束の句から受ける「油照」は、炎天下の照り返しの強さが思われるのですが。太陽が草木をギラギラと照らし付ける様子を形容している言葉のように思えて仕方ありません。

「油照」という言葉自体は、江戸時代のはじめにすでにあったのですが、季節の言葉としては、嘉永元年（一八四八）の『季寄新題集』への採録がはやい例かもしれません。

「夏」◈ 驟雨〔しゅうう〕

「驟雨」という言葉を耳にすると、人間の性の深淵を様々な視点から追求した作家吉行淳之介の小説、第三十一回芥川賞受賞作『驟雨』を思い浮べつつも、さて「驟雨」って、どんな雨だったかしら、と思っている人々も少なくないのではないでしょうか。小説のタイトルは、多少神秘性を持っていたほうがいいのかもしれません。「驟」の意味は、「疾也」ということで、はやい、にわか、ということです。ですから「驟雨」とは、にわか雨のことです。

もともとは漢語で、『老子』にすでに「希言（人間には聴えない言葉）は自然なり。故に飄風（つむじ風）は朝を終へず、驟雨は日を終へず」という無為自然の素晴しさを説いた言葉として見えます。勢いあるものは、久しく続かない譬えです。

本来、「驟雨」に季節感は稀薄なのです。それが日本に入って来ると、途端に季節感の濃厚な言葉へと変身を遂げます。「驟雨」が「夕立」として遇されるようになったからです。高浜虚子門の俳人としてスタートした山口誓子に〈地下鉄道驟雨に濡れしひと乗り来る〉があります。昭和十四年（一九三九）の作品です。

「夏」◈夕焼〔ゆうやけ〕

大正十二年（一九二三）に発表された中村雨紅による童謡『ゆふやけこやけ』の詩は「ゆふやけこやけで　日が暮れて　山のお寺の　鐘が鳴る　お手々つないで　皆帰ろ　烏と一緒に　帰りましょ」です。ここから「夕焼け」が夏の季節の言葉であると断定できますでしょうか。全体的な雰囲気からは、秋のようにも感じられるのですが。

「夕焼」は、もちろん日没時分に西の空が赤く染まる現象で、まさに「ゆふやけこやけで　日が暮れて」といった状態です。「夕焼」という言葉そのものは江戸時代にすでにありました。江戸時代の辞書『俚諺集覧』に採録されています。一茶にも〈夕やけにやけ起してや鳴蛙〉〈夕やけと背中合せの岡穂かな〉〈夕やけの鍋の上より千鳥哉〉等の句がありますが、季節は、それぞれ春、秋、冬と様々です。

「夕焼」が「朝焼」と対になって夏の季節の言葉として登場するのは、昭和時代初期の歳時記だと思います。昭和六年（一九三一）刊、今井柏浦編『詳註例句　歳事記大観』は「夕焼は日没前に日光の反射により西天の著しく紅く見ゆるをいふ。夏秋に多し」としつつも「雑」（無季）としています。

「秋」◈ 二百十日〈にひゃくとおか〉

昭和二十二年（一九四七）九月十四日から十六日にかけて関東地方をキャスリーン台風が襲いました（当時の占領軍は、台風に女性名を付けて呼んでいたのです）。戦後直ぐの家屋のことですので、備えも十分でなく、屋根が飛ばされたり、塀が飛ばされたり、雨戸までもが飛ばされたりと、大変な被害を受けました。そんなことも影響してでしょうか、当時の人々は「二百十日」という言葉に大変敏感になっていました。日常会話でもしきりに「二百十日」という言葉が飛び出しましたので、子供たちも「二百十日」を知っていました。

「二百十日」とは、立春から数えて二百十日目ということで、太陽暦の九月一日か二日に当たります。それから十日後が「二百二十日」です。すでに江戸時代の歳時記に「二百十日」も「二百二十日」も記載されています。農家の人々は、稲の成長期と重なるので、そのころに来襲する台風を特に恐れたのです。陰暦ですと七月に該当します。「厄日（やくび）」といういい方もされます。蕪村（ぶそん）に〈二百十日も尋常の夕（ゆうべ）かな〉の句があります。心配が杞憂（きゆう）に終わり安堵（あんど）しているのです。

「秋」◈ 秋高し〔あきたかし〕

素直に納得できる季節の言葉です。澄み切った秋天の気持ちのよさは誰もが体験したことがあるはずです。高層ビルが乱立する都会でも十分に感じることができるのですから、薄（すすき）の生い茂っている高原の真っ青な秋の空など最高でしょうね。諺にも「秋高く馬肥ゆ」があります。秋は心身ともに快適になる季節であることをいったものです。

もともとは漢語「秋高（しゅうこう）」からきています。秋の気が十分に満ち、天が澄んで高く見えることとです。唐代の詩人杜甫の詩「茅屋（ぼうおく）、秋風の破る所と為（な）る歌」の冒頭に「八月、秋高、風は怒号す」とあります。「風は怒号す」ですので、やや波瀾含みですが、これが「秋高し」の源流です。

ただし、この季節の言葉、江戸時代の歳時記には、どういうわけか掲載されていません。唯一『合類俳諧寄垣諸抄大成（ごうるいはいかいよせがきしょしょうたいせい）』（元禄八年刊）が陰暦八月の異名として「秋高」を掲出していて注目されますが、これは杜甫の右の詩句「八月、秋高」に拠（よ）ったものでありましょう。正岡子規には「秋高し」の句が十三句残っています。〈秋高し鳶（とび）舞ひ沈む城の上〉は、その中の一句です。

「秋」◈ 夜寒〔よさむ〕

ちょっと厄介なのですが、「余寒」は「よかん」で春の季節の言葉なのです。「よさむ」とは読みません。別に「春寒（はるさむ）」という言葉が用意されています。

一方、「夜寒」は「よさむ」で、「よかん」と読むことはありません。秋は、爽やかで気持ちのよい季節なのですが、仲秋から晩秋のころの夜になりますとさすがに冷（ひや）っとしてきます。これが「夜寒」です。「寒さ」が冬の季節の言葉ですので、夜に限定された「寒さ」ということでの「夜寒」です。もちろん朝に限定された秋の「寒さ」に対しては「朝寒（あさざむ）」という季節の言葉が用意されています。

平安時代末期の歌集『新古今和歌集』に西行（さいぎょう）法師の〈きりぎりす夜寒に秋のなるままに弱るか声の遠ざかりゆく〉の歌が見えますが、「夜寒に秋のなるままに」とあることでもわかるように、秋がだんだん深まっていく感じが「夜寒」です。この時代の「きりぎりす」は、今の蟋蟀（こおろぎ）のことです。

西行のこの歌は、藤原俊成（ふじわらのしゅんぜい）より「さび」のある歌として評価されたものです。滅びゆく命への関心が歌われています。

「秋」◈ 漸寒〔ややさむ〕

「夜寒」もそうですが、「漸寒」も「寒」というちょっと変わった言葉で終わっています。この「寒」を形容詞「寒し」の語幹が名詞化したものと理解するか、形容動詞と理解するか、むずかしいところです。『日本国語大辞典』は「夜寒」は形容動詞、「漸寒」（稍寒）は名詞として扱っています。「漸」は副詞で、いくぶんかの意味と解するのがよいでしょう。秋も深まってきた時分の寒さです。

鎌倉時代の歌集『続古今和歌集』の中に藤原資季の歌〈稍寒きをのの浅茅の秋風にいつより鹿の鳴きはじめけむ〉が見えます。「漸寒し」という形容詞が用いられています。

江戸時代末期の歳時記『増補俳諧歳時記栞草』（嘉永四年刊）は、陰暦九月の季節の言葉として「漸寒」を掲出し、「次第に寒きといふことにて、秋の末の寒さを云」と記しています。明治七年（一八七四）刊の最初の太陽暦の歳時記『俳諧貝合』は、太陽暦九月の項に掲出していますので、仲秋という意識があったのでしょう。

芭蕉の弟子乙州の句に〈ややさむく人をうかがふ鼠かな〉があります。「漸寒」の雰囲気が軽やかに形象化されています。

「秋」◈ 肌寒〈はださむ〉

まず『新古今和歌集』の二つの歌に注目してみましょう。一つは、曽禰好忠（そねのよしただ）の〈朝ぼらけおぎの上葉の露みればややはださむし秋のはつ風〉です。もう一つは藤原基俊（もととし）の〈秋風のややはださむく吹くなへにおぎの上葉のをとぞかなしき〉です。

好忠の「やや」はかすかに、基俊の「やや」は次第に、の意味のようです。いずれにしても「肌寒」は、秋の風によって齎（もたら）される寒さであることがわかります。また、好忠の歌は「秋のはつ風」とありますので、初秋の風についてもいわれていたことがわかります。

一般的な言葉としての「肌寒」は、必ずしも秋に限定されたものではありませんが、季節の言葉となりますと、もっぱら秋の「寒さ」をいうことになります。右のような先行歌に影響されるからでしょうか、歳時記の分類では、陰暦の七月、八月、九月と、「肌寒」の月が一定していません。

江戸後期の歳時記『季寄註解　改正月令博物筌（かいせいげつれいはくぶつせん）』（文化五年刊）は陰暦八月の季節の言葉とし「物にふれ（触）て寒さを覚ゆるをいへり」と記しています。が、「物」という漠然としたものではなく、「秋風」に誘発されての寒さだったのです。

「秋」◈ 色なき風〔いろなきかぜ〕

日本人は、秋風の色に敏感だったようです。『玉葉和歌集』の中に藤原定家の〈八重葎秋のわけ入る風の色を我れ先にとぞ鹿は啼くなる〉の歌があります。「八重葎」は、幾重にも生え茂っている蔓草です。その「八重葎」を吹き入る秋の「風の色」を見付けて、真っ先に鹿が鳴くというのです。

秋風をいちはやく「色なき風」と断定したのは、紀友則です。〈吹くれば身にもしみける秋風を色なき物と思ひけるかな〉(『古今和歌六帖』)と詠んでいます。もっとも、友則は冬の風に対しても〈吹風は色も見えねどゆふぐれはひとりある人の身にぞしみける〉とも詠んでいるので、「色なき風」を秋と限定しているわけではないのです。ただ〈吹くれば〉の歌の印象が強くて、「色なき風」といえば秋風ということになったのです。

それでも秋風に色を見ようとする人々は少なくありません。『新古今和歌集』には、堀河天皇が崩御した時に源雅実の詠んだ歌〈もの思へば色なき風もなかりけり身にしむ秋の心ならひに〉が見えます。雅実は「色なき風」などはないんだといっているのです。面白いですね。

「冬」◈ 初時雨（はつしぐれ）

芭蕉七部集（俳諧七部集）と呼ばれるものがあります。その一冊に元禄四年（一六九〇）刊の『猿蓑』という秀句集が入っています。それを繙くと、いきなり芭蕉一門の「時雨」の句が十三句並んでいてびっくりさせられます。「猿みのは新風の始、時雨は此集の美目（眼目）」（『去来抄』）といわれています。十三句の最初に置かれているのが、芭蕉の〈初しぐれ猿も小蓑をほしげ也〉です。

はやく『後撰和歌集』には冬の歌として〈一人寝る人の聞かくに神な月にはかにも降る初時雨哉〉（読人しらず）が見えます。「聞かくに」は、聞くことだが、の意味。十月（初冬）に「初時雨」が降るというのであります。

「時雨」は、同歌集の〈神な月降りみ降らずみ定なき時雨ぞ冬の始なりける〉（読人しらず）の歌に窺えるように、降ったりやんだりする初冬の雨のことです。江戸時代後期の歳時記『季寄註解　改正月令博物筌』（文化五年刊）には「初時雨とは十月になりてはじめてふるをいふ。秋の末にふるは秋しぐれといふて、初しぐれとはいはず」との説明が見えます。「初時雨」は、あくまでも陰暦十月に入って最初の「時雨」ということです。

「冬」◇雪女〔ゆきおんな〕

江戸時代の小説（浮世草子）『宗祇諸国物語』（貞享二年刊）の中には、主人公宗祇が越後（新潟県）の雪の中で出会った「雪女」が登場してきます。身の丈一丈（三メートル）、肌は透き通るように白く、気高く美しく、年齢は二十歳くらいの女です。近よると消えてしまうというのです。地元の人の話では「雪の精霊」だというわけです。

そんな「雪女」のことを、江戸時代初期の俳句作者たちの間では、ただの雪のように詠むことが流行ったようです。例えば〈先ふるは雪女もや北の方〉といった具合にです。

これに対して批判する人々もいました。「雪女といふは、化生と聞えたり。然れば眼前に見たるやうにすることはあしき也」（貞室著『氷室守』）というのです。「化生」、すなわち、「物の怪」ですので、安易にただの「雪」のように詠んではいけないというのです。

季節の言葉の中には、こんなにも浪漫溢れる言葉があるのです。正岡子規の門人、北国青森出身の佐藤紅緑は〈雪女我子に乳房あたためん〉の句を作っています。「雪女」の存在を信じたくなってきます。

「冬」◈しずり

語彙が豊富である、ということは、日常生活が楽しく、かつ豊かになることではないでしょうか。

東京、横浜といった都会でも、何年に一回は大雪に見舞われます。雪国で生活をしている人々にとっては、信濃（長野県）の一茶の〈雪行け行け都のたはけ待おらん〉ではありませんが、うんざり、といった気分になるのだと思います。しかし「都のたはけ〈戯け〉」といわれようとも、松の枝に積もった雪が、重さに耐えかねてばさっと落ちる様子など、なかなか感動的です。もしそれが「しずり」といわれるものだと知ったら、もっともっと楽しくなるのではないでしょうか。

「しずり」は、木に降り積もった雪が落ちることをいいます。古くからある言葉で、平安時代末期の歌人西行に〈何となく暮るるしづりのおとまでも雪あはれなる深草の里〉の歌があります。西行は、京都深草の里で「しづり（しずり）」の音を聞いているのです。聴覚によって「しずり」の情緒を味わっているのです。京の人である西行にとって、「しずり」は十分に「あはれ」の対象となり得たのです。

「冬」◈ 雪しまき〔ゆきしまき〕

「しまき」は、動詞「しまく」からきています。「し」は風のことです。ですから、風が激しく吹きまくる、との意味となります。その名詞形が「しまき」です。それに「雪」が付いての「雪しまき」ですので、雪が激しく降り、風が激しく吹くこと、との意味になります。

辞書、歳時記は、名詞「雪しまき」で採録されていますが、動詞として「雪しまく」のかたちで用いることも可能です。平安時代末期の歌人西行に〈くれ舟よ朝妻渡り今朝なせそ伊吹の嶽に雪しまくめり〉の歌があることからも明らかです。「くれ舟（榑舟）」は、材木を積んだ舟、「朝妻」は、琵琶湖東岸の港です。伊吹山（滋賀、岐阜両県境の山）に雪が激しく吹きまくっているので、出航はやめておけ、というのです。

歳時記では、江戸俳諧の創始者松永貞徳が『俳諧御傘』（慶安四年刊）において「ふゞきは、雪と風ばかり。雪しまきは時雨と雪とかぜ（風）と三色也」との説を発表して以来、この説が踏襲されています。「時雨」を加えるか否かということですが、「吹雪」との差違に拘泥しなくてもよいのではないでしょうか。

「冬」❖風花〔かざはな〕

四国地方や九州地方では、冬になると雪が降ることが珍しくありません。積もることはめったにありませんが、短時間、本格的に雪が降るのです。ところが、日本のほぼ真ん中の静岡市内には、まず雪が降りません。一冬に一、二度、雪片が一片二片（ひとひらふたひら）という感じで風に舞うのです。これが「風花」です。風に舞う花のことではなく、花のごとくに風に舞う雪のことなのです。なんと美しい言葉ではありませんか。

江戸時代後期の歳時記『季寄新題集（きよせしんだいしゅう）』（嘉永元年刊）は陰暦十月（初冬）の季節の言葉とし、「青ぞらながら雪のちらつくことなり」と説明しています。この理解でよいと思います。付近の山などで降った雪が風に乗ってちらつくのでありましょう。

ただ、別の解釈もあるようで、明治四十二年（一九〇九）刊『新修歳時記』は「冬風吹き出づる前、若（も）しくは風の吹き初めに少し雪ふるをいふ」との説を示しています。このような現象もあるのでしょうか。吉田冬葉（とうよう）という大正時代から昭和時代に活躍した俳句作者（俳人）の作品に〈風花や日にかがよへるひとしきり〉がありますが、「かがよふ」がゆれて光る意味ですので、これは晴天の雪片でしょう。

「冬」◈ 沫雪〔あわゆき〕

美しくもはかない季節の言葉、それが「沫雪」です。でも、すごく厄介な言葉なのです。まず、『万葉集』から。太宰帥として筑前（福岡県）の地にいた大伴旅人が冬に雪を見て、都を思って作った歌があります。〈沫雪のほどろほどろに降り敷けば奈良の都し思ほゆるかも〉というのです。「ほどろほどろ」は、雪が薄く降り積もった様子です。「沫雪」は確かに冬の季節の言葉なのです。

しかし、『新古今和歌集』には、読人しらずの〈梅が枝になきてうつろふ鶯の羽根しろたへにあは雪ぞふる〉のほか、全四首の春の「沫雪」の歌が見えるのです。「沫雪」は、春の季節の言葉ともいえるのです。

要するに「沫雪」とは、消えやすい雪のことですので、平安時代末期の『袖中抄』という本の中には、「冬も春も読べし」と記されています。

「淡雪」とも表記しますが、この場合、旧仮名遣いですと「あはゆき」ということになります。江戸時代の歳時記も、冬季説、春季説、様々です。最近の歳時記は、「淡雪」と表記して、春の季節の言葉とするものが多いようですが、問題が残る季節の言葉です。

「冬」◈ 小春日〔こはるび〕

この言葉も、誤解されやすい季節の言葉だと思います。晩秋、京都の龍安寺の縁側に、一人腰掛けて、暖かい日差しを浴びながら、日常生活の煩わしさから解放され、ぼんやりと石庭の枯山水を眺めていると、このまま時が止まってくれれば、と思うことがありますね。そして、「小春日」という言葉がふと浮んできて、こんな一日を「小春日」というのだろうな、などと一人で納得するということが。でも、この使い方は、正確には正しくないのです。

中国梁の時代の『荊楚歳時記』に「十月、天気和暖にして春に似たり。故に小春と曰ふ」とありますように、「小春」は、もともと陰暦十月の異名だったのです。それが日本語化して「小春」となり、日本の歳時記も十月の異名としています。

ですから「小春日」も、冬の季節の言葉（太陽暦ですと、立冬である十一月八日頃以降）ということになるのです。江戸時代の歳時記は、もっぱら「小春」として記載しています。正岡子規に明治二十四年（一八九一）発表の〈小春日や浅間の煙ゆれ上る〉の句があります。比較的新しい季節の言葉でありましょう。

「冬」◈ 底冷え〔そこびえ〕

明治時代から大正時代に活躍した大槻文彦の著作『大言海（だいげんかい）』（昭和七年、新村出序）には「底冷（そこびえ）」の項があり、「身体ナドノ心底（シンソコ）ヨリ冷ユルコト」と説明されています。そして「そこびえノ為（ス）ル寒サ」の用例が見えます。江戸時代の歳時記には載っていません。「底冷え」の「底」を大槻文彦は「心底」と解しているのです。『日本国語大辞典』は「底」に対して「名詞、形容詞などに付いて、表面的なものではなく、『真実の』『至上の』『奥底の』などの意を添える」と説いています。

「底寒い」という言葉もあるようです。芭蕉と同時代の鬼貫（おにつら）は、その著『独（ひとり）ごと』（享保三年刊）の中で「秋の雨は、底より淋し」と記しています。秋に降る雨に感じる淋しさを、淋しさの極（きわ）みと感じたのでありましょう。尋常の淋しさではないわけです。

「底冷え」もそんな感じの言葉だと思います。「冷え」などといった生易（なまやさ）しいものではない、といった感じです。東京でも感じられないことはありませんが、冬の京都の寒さなどが「底冷え」という言葉にぴったりではないでしょうか。

「冬」❖ 空風〔からかぜ〕

「からっ風」ともいいます。群馬県群馬郡に、群馬出身の歌人土屋文明を記念しての土屋文明記念文学館があります。瀟洒な近代建築です。周辺は遺跡などがあるだけで、広々としていますので、冬は強風が吹き付けます。「嬶天下にからっ風」という俚諺（民間での諺）がありますが、なるほどこれが「空風」（からっ風）かと得心させられます。

「空風」は、雨や雪のような湿気をともなわないで激しく吹く風です。意外に古くからある言葉で、芭蕉の弟子の桃隣に〈から風の吹きからしたる水田哉〉があります。土屋文明記念館の周囲にも水田が広がっていますので、こんな光景を目にすることができます。水田の水気がなくなってしまうほどに吹き荒ぶのです。

芭蕉と『おくのほそ道』の旅を一緒にした曾良にも〈雪は来でから風きほふ空凄し〉の句があります。この句も「空風」の特徴を一句に的確にまとめています。一茶には〈から風やしかもしらふのせつき候〉の句があります。「せつき候」は、「節季候」ともいい、年末にやってくる門付け芸人のことです。一茶のやさしい目差が感じられます。

「冬」◈ **虎落笛**〔もがりぶえ〕

詩人、歌人、俳人と並べると、一番馴染のない言葉が俳人だろうと思います。『新明解国語辞典』（三省堂）には「俳句を作ることをライフワークとする人」と出ています。詩人、歌人、俳人の中で、季節の言葉に一番詳しいのは、実は俳人なのです。なぜならば、俳句という文芸は、必ず季節の言葉を入れて詠むことになっているからです。言ってみれば季節の言葉通なのです。

その俳人が好んで使う言葉に「虎落笛」があります。冬の激しい風が竹垣などに吹き付けて笛のような音を出すことです。「虎落」とは、本来、中国の言葉で、割竹を連ねて作った囲いである竹矢来のことでした。その漢字を流用して、竹を筋違いに組み合わせ、縄で結い固めた柵である「もがり」という日本語に当てたのです。これで「虎落」の謎が解けたと思います。

江戸時代初期の辞書『節用集大全』（延宝八年刊）に、「虎落」と見えます。また「笆籬」も「もがり」と読んでいます。「笆籬」は、竹がきのことです。江戸時代後期の『季寄新題集』（嘉永元年）は「虎落笛」を「から風に竹などなる音なり」としています。

「新年」❖ 初東雲〈はつしののめ〉

「東雲」から解決しておかなければなりません。よく耳にする言葉です。大学の名前にも松山東雲女子大学などとあります。「東雲」って何でしょうか。「東雲」は、季節の言葉ではありません。例えば『古今和歌集』に、紀貫之(きのつらゆき)の〈夏の夜のふすかとすればほととぎすなくひとこゑに明(あ)くるしののめ〉との歌がありますように、「明くるしののめ」ですので、夜明けの直前、東の空がわずかに明るくなるころをいうのです。また、その空にかかっている雲をも指します。『新古今和歌集』には同じ貫之の〈山がつの垣ほにさけるあさがほはしののめならで逢ふよしもなし〉が見えますように、いつの季節にもあるわけです。「あさがほ」は、秋の季節の言葉ですので。ところが、「初」が付きますと、新年の季節の言葉となります。

「初晴(はつばれ)」「初風(はつかぜ)」「初凪(はつなぎ)」等の「初」と同様、その年最初の、との意味が加わりますので、本来は季節の言葉でない「東雲」「晴」「風」「凪」等が、季節の言葉となるのです。元日の朝の空がほのぼのと明るくなる様子は、いつもとは違った厳(おごそ)かさを感じます。

「新年」◈ 初日〈はつひ〉

新年の諸行事が形骸化されていく中で、若い世代の人々の間でも人気のあるのが「初日」見物であります。若い人たちと話をしていると、車やオートバイで「初日」を見に海辺や山頂まで行くというのです。古来からの日本人のアニミズム信仰が遺伝子として今の若者たちにも流れ込んでいるのでしょうか。

明治三十一年（一八九八）刊の汲古斎主人編『新撰東京歳時記』（東陽堂）に「都人高処に上りて初日を拝する者多し」と記されています。「初日」は「拝する」ものだったのです。江戸時代末期の学者松平冠山の『思ひ出草』（天保三年成立）には「先きに何やかやといひ罵りし輩、合掌して礼拝するもあり」との描写があります。何のために拝するのかなどといわさない自然の力の厳かさでしょうか。

芭蕉の弟子支考の句に〈むめが香の筋に立よるはつ日哉〉があるように、はやくから季節の言葉として用いられていましたが、歳時記に採録されたのは、明和八年（一七七一）刊の千代女（あの〈朝顔に釣瓶とられてもらひ水〉の千代女です）の序のある『俳諧まがりかね』などがはやい例と思われます。

「新年」◈ 淑気〔しゅっき〕

「淑気」は、言うまでもなく漢語です。例えば、日本最古の漢詩集、天平勝宝三年（七五一）成立の『懐風藻』の藤原史の詩「春日宴に侍す」の起句には「淑気光天下」（淑気天下に光る）と見えます。漢語としての「淑気」には、春のよい気、の意味があります。新年の季節の言葉ではなかったのです。江戸時代に入り、歳時記兼辞書である『無言抄』（慶長八年ごろ刊）は、漢詩の世界を踏まえて「淑気」に「春の色のやはらかなる体なり」との説明を加えています。

正月の季節の言葉と定めたのは、芭蕉の師北村季吟の著作『増山井』です。説明はありませんが、「淑気」を正月の部に掲出しています。江戸後期の歳時記『季寄註解改正月令博物筌』（文化五年）には「初春に立つ一気なり。年始の言葉なり」と見えます。漢語の世界での漠然とした春が、はっきり「初春」と限定されているのです。年始の挨拶の言葉としても用いられていたのでしょう。

昭和八年（一九三三）刊の『俳諧歳時記』が「新春に瑞相満ち満ちたる荘厳なる気のただよふを淑気といふ」とするのは、首肯すべきでしょう。

「新年」◈ 御降〔おさがり〕

粋な言葉ですね。もともとは「雨」の女房詞だったようです。豆腐を「おかべ」、田楽を「おでん」という類です。それが季節の言葉になりますと、正月に降る雨を指すようになりました。

芭蕉の師北村季吟の編んだ歳時記『増山井』（寛文七年刊）は、俳諧独自の言葉としての「御降」を「元日にふる雨を世俗にいひならはせり」としています。轍士という俳句作者の『糸屑』（元禄六年刊）には「三ケ日ノ雨ヲ云」とあります。一方、先の季吟は、はやく『山の井』（正保五年刊）の中では「松の内に降雨はおさがりといひならはせり」との説を記しています。

「御降」が正月に降る雨であることは、三者一致しているのですが、元日に降る雨、三ケ日に降る雨、松の内に降る雨と様々なのです。正岡子規の門人寒川鼠骨が明治三十七年（一九〇四）に出版している『俳句新歳時記』（大学館）には「正月元日に天気よからず、雨又は雪など降るを御降といふ」とあります。鼠骨は、元日説をとっているのですが、「雨」のほかに「雪」も加えているのです。この説が、今日の歳時記でも踏襲されています。

「新年」◈ 初霞〈はつがすみ〉

「霞」は、れっきとした春の季節の言葉です。陰暦では、立春と新年がほぼ重なりますので、新年になると「霞」が棚引くことになるのです。元禄を例にとりますと、元禄元年（一六八八）の立春は一月四日、二年は一月十五日、三年は、前年十二月二十五日（年内立春）、四年は一月八日、といった具合です。『万葉集』にあるよく知られている歌〈ひさかたの天の香具山この夕霞たなびく春立つらしも〉は、まさに「霞」によって春になったことを確認しているのです。

「初霞」は、立春ではなく、正月の「霞」です。鎌倉時代の名歌集『夫木和歌抄』には、順徳院の歌〈あら玉の年のあけ行やまかづらかすみをかけてはるはきにけり〉は、「あら玉の年」ですから、まさしく新年の「霞」を詠んでいるのです。これぞ「初霞」です。新年の山が「霞」とともに明けて、春が来たのです。

蕪村には〈ことさらに唐人屋敷初霞〉という句があります。日本的な「初霞」をあえて長崎の「唐人屋敷」に配して面白がっているところに、蕪村の面目が躍如としています。

文庫版あとがき

『日本人が大切にしてきた季節の言葉』（青春新書インテリジェンス）が、「青春文庫」の一冊として生まれ変わるとのことである。新たな読者の方々にお読みいただけるのは、大変うれしいことである。

編集部の福田尚之氏と、愛知淑徳大学での講演の帰途、新横浜駅の喫茶店で出版の打ち合わせをしたのは、平成十九年（二〇〇七）六月二十三日のことであった。今から十二年前。すでに近世俳諧（はいかい）の研究から、正岡子規を中心とする近世俳句の研究へと方向転換をしていたところであった。その折の福田さんの要望は、俳句作品の紹介、解説を極力控えて、「季節の言葉」（季語）そのものをわかりやすく説明してほしい、とのことであった。福田さんのこの提案が功を奏して、日本文化のエッセンスとしての「季節の言葉」が、俳人、あるいは俳句愛好者以外の人々の関心をも誘うことになったようである。四刷、五刷と刷りを重ねて、多くの読書人にお読みいただけたようである。

それから十二年。今、俳人の夏井いつきさんのテレビでの活躍などもあり、不特定多数の人々の「俳句」という文芸に対する関心が、大いに高まっている。そんな時の流れの中にあって、わずか百六十語の「季節の言葉」ではあるが、「俳句」の根幹にあるのは、「季語」あるいは「季題」と呼ばれるところの「季節の言葉」なのであり、『日本人が大切にしてきた季節の言葉』の文庫化には、ある程度の意味があるのではないかと思っている。

正岡子規は「季節の言葉」（子規は「四季の題目」と言っています）が、人々の連想を引き起こすことに着目し、

連想でありて、はじめて十七字の天地に無限の趣味を生ず。（『俳諧大要』）

と言っている。「趣味」とは、趣（おもむき）、あじわいのこと。百六十の言葉によって、それぞれの「季節の言葉」の持っている趣、あじわいを感じていただければ、著者冥利に尽きるというものである。

文庫化にあたってお世話いただいた編集部の大嶋彩加さんに心より御礼申し上げる。

令和元年（二〇一九）十月吉日

復本一郎

〔索引〕

あ

秋沙 133
青嵐 155
秋高し 160
秋の七草 124
あさがほ 175
朝寒 161
朝焼 158
蘆 126
あふち 143
油照 156
甘茶 21
甘茶貰 21
新走 39
有明月 95
沫雪 170
淡雪 170

い

烏賊 108
生身魂 45
十六夜 92
一番水 61
凍虻 131
凍蝶 131
凍蠅 131
凍蜂 131
糸遊ぶ 79
糸遊 79
居待月 92
芋名月 93
色鳥 121
色なき風 164
祝箸 63

う

埋火 52
羅 29
歌かるた 64
卯月 84・102
卯月浪 84
卯浪 84
卯の花腐し 147
卯の花月 84
裏白 63
盂蘭盆会 41

え

狗尾草 126

お

老の春 104
王子の狐火 129
荻 126
送火 43
御降 178
鴛鴦 133

遅き日 78
鬼やらい 60
朧 76
朧月 76
お盆 45
御水取り 142
おらが春 104

か

海水浴 30
帰花 135
蛙の目借時 81
陽炎 79
蜉蝣 79
風花 169
かじけ猫 132
風薫る 154
風光る 140
数え日 59
かつ散る 127
門火 43
蚊取線香 36
竈猫 132
亀鳴く 112
鴨 133
蚊帳 37
蚊遣火 36
空風 173
枯銀杏 136
枯木 136
枯藤 136
枯柳 136
獺魚を祭る 106
寒九 57
寒九の水 57
寒卵 58
寒灯 17
寒の水 57
灌仏 21
雁風呂 22
寒紅 56

き

菊枕 50
狐火 129
肝試し 32
今日の菊 47
今日の月 47
金魚玉 28

く

九月尽 80
草いきれ 120
草の絮 126
草紅葉 128
薬喰 55
口切 51
雲の峰 86
栗名月 93
暮遅し 78

暮れかぬる 78
黒南風 148

け

今朝の秋 87
今朝の夏 87
今朝の春 87
今朝の冬 87

こ

鯉幟 23
氷柱 27
こごり 54
去年今年 103
炬燵猫 132
東風 141
小春 171
小春日 171

さ

囀 110
早乙女 24
桜烏賊 108
桜狩 18
桜鯛 108
桜蛸 108
五月空 150
皐月浪 84
五月晴 150
五月闇 153
さ浪 84
渋鮎 123
五月雨 149
爽やか 91
三月尽 80
三寒四温 99
三尺寝 33

し

潮浴び 30
時雨 122
しずり 167
忍草 35
忍吊 35
霜月 102
驟雨 157
秋思 16
終霜 139
秋灯 17
淑気 177
春愁 16
春灯 17
菖蒲の節句 23
精霊流し 46
精霊舟 46
白南風 148
師走 102
新酒 39

新蕎麦 38

す

冷まじ 89
薄 126

せ

井華水 61
施餓鬼 42

そ

爽気 91
爽秋 91
掃苔 44
雑煮 61
爽涼 91
底冷え 172
蕎麦刈 38

た

橙 63
田長鳥 107
高きに登る 48
竹の秋 114
竹の春 114
立待月 92
獺祭 106
獺祭魚 106
玉蘭 69
民の春 104
垂氷 98
端午 23

ち

竹秋 114
遅日 78
茶の口切 51

つ

追儺 60
月代 94
月見豆 93
壺の口切 51
梅雨寒 151
梅雨空 150
梅雨晴 150
つらつら椿 113
吊忍 35
釣瓶落し 97

て

手花火 34

と

灯火親し 40
灯籠 46
心太 31
年の市 59

年の暮 100
年の瀬 100
年の流るる 100
土用浪 84
虎が雨 152
虎が泪雨 152
虎が泪の雨 152
鳥囀る 110

な

流るる年 100
夏越 25
名残の霜 82
菜種梅雨 145
夏の灯 17
撫子 124
儺やらひ 60
鳴子 49

に

鳰 133
逃水 146
煮凝 54
二百十日 159
二百二十日 159

ね

猫の親 132
猫の子 132
猫の恋 132
猫の妻 132

の

幟 23
野分 88

は

墓洗う 44
白鳥 133
端居 26
走り新茶 38
走り蕎麦 38
走り筍 38
肌寒 163
斑雪 138
八十八夜 82
初鏡 62
初霞 179
初風 175
初時雨 165
初東雲 175
初手水 61
初凪 175
初荷 67
初晴 175
初日 176
初夢 65
花烏賊 108
花笑む 74

花くたびれ　20
花曇　143
花氷　27
花衣　19
花疲れ　20
花の雨　77
花の春　104
花の冷　77
花火　34
花冷え　77
花見　18
花見小袖　19
花見幕　19
花笑う　74
春一番　142
春寒　73・161
春雨　144
春告鳥　107
春の曙　72
春の七草　124
春の水　75
半夏生　85
晩霜　139
万緑　118

ひ

日脚伸びる　101
引鶴　111
引残る鶴　111
穭　125
穭田　125
穭穂　125
日永　83
日短　83
ひめ始　66
百物語　32
昼寝　33

ふ

福水　61
ふくら雀　130
臥待月　92
太箸　63
冬の蝶　131
冬の蜂　131
風呂吹　53

ほ

墓参　44
星月夜　96
盆　46

ま

蠛蠓　115
孫が春　104
松の内　68
豆名月　93
繭玉　69

み

短夜 83
水鳥 133
水温む 75
水無月 102
身に入む 90
都鳥 133

む

迎火 43
麦の秋 119
麦の秋風 119
麦踏み 119
虫時雨 122

め

名月 93
目借時 81
めまとい 115
めまわり 115

も

虎落笛 174
餅花 69
紅葉かつ散る 127
紅葉散る 127
百千鳥 109

や

厄日 159
柳の絮 126
柳箸 63
山滴る 74
山眠る 74
山粧う 74
山笑う 74
漸寒 162

ゆ

遊糸 79
夕焼 158
雪折 134
雪女 166
雪しまき 168
譲葉 63

よ

余花 116
余寒 161
夜寒 161
夜長 83

り

柳絮 126
料峭 73

わ

若水 61
別れ霜 139
病葉 117

〔おもな参考文献〕

○『近代前期歳時記十三種本文集成並びに総合索引』尾形仂・小林祥次郎共編（勉誠社）
○『近世後期歳時記本文集成並びに総合索引』尾形仂・小林祥次郎共編（勉誠社）
○『無言抄　匠材集』正宗敦夫編纂・校訂（日本古典全集刊行会）
○『東海道分間絵図　人倫訓蒙図彙』正宗敦夫編纂・校訂（日本古典全集刊行会）
○『滑稽雑談』四時堂其諺著（寛延三年跋）（斎藤松太郎・伊藤直弘校訂、国書刊行会）
○『俳諧鷹の白尾』一慮庵青天撰（安永五年、中西卯兵衛・田中庄兵衛合刻刊）
○『新撰四季俳題正名』山本路喬著（天明二年、田中庄兵衛・藤屋忠兵衛刊）（中村俊定編、勉誠社）
○『季寄註解改正月令博物筌』鶴飼洞斎編（文化元年、吉文字屋市左衛門他三軒刊）
○『増補俳諧歳時記栞草』曲亭馬琴編・藍亭青藍補（嘉永四年、英屋大助他十四軒刊）（堀切実校注、岩波文庫）
○『俳諧貝合』能勢香夢著（明治七年、二文字屋安兵衛刊）
○『新題季寄俳諧手洋燈』萩原乙彦編（明治十三年、稲田佐兵衛・朝野利兵衛刊）
○『明治新撰俳諧季寄鑑』山内梅敬編（明治十三年、隅永真助刊）
○『四季部類俳諧歳時記栞草』山口素楊編（明治十五年、風月荘左衛門刊）
○『袖珍俳句季寄せ』高浜虚子編（明治三十六年、俳書堂刊）
○『歳事記例句選』寒川鼠骨編（明治三十六年、内外出版協会刊）
○『俳句新歳事記』寒川鼠骨著（明治三十七年、大学館刊）
○『俳諧例句新撰歳事記』今井柏浦編（明治四十一年、博文館刊）
○『俳諧辞典』武田櫻桃著（明治四十二年、公文書院刊）
○『新脩歳時記』中谷無涯編（明治四十二年〜四十四年、籾山書店刊）
○『新校俳諧歳事記』今井柏浦編（大正十四年、修省堂刊）
○『大正新修歳事記』高木蒼梧編（大正十四年、資文堂刊）
○『詳註例句歳事記大観』今井柏浦編（昭和六年、修省堂刊）
○『新撰東京歳事記』汲古斎主人編（明治三十一年、東陽堂刊）
○『東京年中行事』若月紫蘭著（明治四十四年、春陽堂刊）
○『公事根源新釈』関根正直著（明治三十六年、六合館書店刊）
○『暉峻康隆の季語辞典』暉峻康隆著（平成十四年、東京堂書店刊）
○『俳諧歳時記書目』金田楚堂編（昭和十二年刊、私家版）
○『新俳句歳時記』復本一郎監修（平成十五年、ユーキャン刊）

日本音楽著作権協会（出）許諾第０７１３８０９－７０１号

本書は『日本人が大切にしてきた季節の言葉』（二〇〇七年／小社刊）を改題・再編集したものです。

青春文庫

日本人なら知っておきたい美しい四季の言葉

2019年12月20日　第1刷

著　者　復本一郎

発行者　小澤源太郎

責任編集　株式会社プライム涌光

発行所　株式会社青春出版社

〒162-0056　東京都新宿区若松町12-1
電話　03-3203-2850（編集部）
03-3207-1916（営業部）
振替番号　00190-7-98602

印刷／大日本印刷
製本／ナショナル製本
ISBN 978-4-413-09742-0